Beate Dölling
Wild auf Fußball

© Didier Laget

Beate Dölling, 1961 in Osnabrück geboren, ist Autorin zahlreicher Kinder- und Jugendromane, die mehrfach ausgezeichnet wurden. Außerdem schreibt sie für das Deutschlandradio Geschichten und Hörspiele und gibt Schreibworkshops. Beate Dölling lebt mit ihrer Tochter in Berlin. www.beatedoelling.com.
Weitere Titel von Beate Dölling bei dtv junior: siehe Seite 4.

Regina Kehn studierte Illustration an der Hochschule für Gestaltung in Hamburg. Sie arbeitet als freie Illustratorin für Zeitschriften und Kinderbuchverlage und die Deutsche Post. Für ihre Illustrationen wurde Regina Kehn für den Deutschen Jugendliteraturpreis mehrfach nominiert und erhielt 1996 die Bronzemedaille in der Sparte Illustration vom Art Directors Club sowie 2016 den Rattenfänger-Literaturpreis der Stadt Hameln.
Sie lebt mit ihrem Mann und ihren beiden Töchtern in Hamburg.

Beate Dölling

Wild auf Fußball

Mit Vignetten von Regina Kehn

dtv

Ausführliche Informationen über
unsere Autoren und Bücher
www.dtv.de

Von Beate Dölling sind außerdem bei dtv junior lieferbar:
Sechste Stunde Dr. Schnarch
Der Sommer, in dem wir alle über Bord gingen

Von Beate Dölling und Didier Laget sind außerdem
bei dtv junior lieferbar:
Zuckerkringel-Ferien mit Marie
Lügenbeichte
Küsse kennen keine Grenzen

Der Band ist ursprünglich 2006 unter dem Titel
›Anpfiff für Ella‹ erschienen.

Für Paula und Fritz

MIX
Papier aus verantwortungsvollen Quellen
FSC® C019821
FSC www.fsc.org

Überarbeitete Neuausgabe 2018

Umschlagbild: Regina Kehn
Gesetzt aus der Stone Informal 11,25/14˙
Gesamtherstellung: Druckerei C.H.Beck, Nördlingen
Gedruckt auf säurefreiem, chlorfrei gebleichtem Papier
Printed in Germany · ISBN 978-3-423-71779-3

Die Sonne scheint auf den Küchentisch. Lino kippt sich das Schälchen mit Crunchy-Kringeln voll.

»Lass mir auch noch ein paar drin«, sagt Ella. Aber in dem Moment schüttet er sich den Rest in sein Schälchen und hält seiner Schwester die leere Packung hin.

»Mama!«, ruft Ella. »Lino hat die ganze Packung aufgegessen!«

»Hab ich nicht!«, ruft Lino Richtung Badezimmer, wo ihre Mutter sich föhnt und sowieso nichts hört. Von Papa steht nur noch die leere Kaffeetasse auf dem Tisch.

»Die Packung ist noch da«, sagt Lino. »Kannste dir ja Marmelade draufschmieren. Guten Appetit!«

Ellas Augen funkeln. »Kein Wunder, wenn dir der beste Spieler wegläuft«, sagt sie. »Wer will denn schon mit so einem Ekelpaket wie dir was zu tun haben!« Sie wirft ihrem Bruder die leere Schachtel an den Kopf und nutzt die Schrecksekunde aus, um sich sein Schälchen zu schnappen. Aber Lino ist schnell. Im Nu hat er es wieder. Bei der Zurückeroberung fliegen jede Menge Crunchys durch die Luft. Der ganze Tisch ist übersät.

Lino kocht, weil Ella das mit Malle gesagt hat. Marvin Winter ist der beste Spieler in seiner Fußballmannschaft, wobei Lino immer denkt, er selbst wäre der beste. Malle hat überall erzählt, dass Lino ein Großmaul sei. Ist er ja auch. Und Malle will sich nichts mehr von ihm gefallen lassen. Er will sich jetzt für eine richtige Schülermannschaft starkmachen, mit der man an der Schulmeisterschaft teilnehmen kann und die von Lehrern trainiert wird, richtig professionell. Ella weiß, dass ihr Bruder eigentlich dasselbe vorhatte, nur ohne Lehrer und ohne Mädchen. Aber wenn Malle erst mal Kapitän einer neuen Mannschaft ist, darf mitspielen, wer will! Auch Ella! Dann wird sie es Lino zeigen. Bei dem Gedanken muss sie grinsen.

Genüsslich stopft sie sich jeden Crunchy-Kringel, den sie kriegen kann, in den Mund. Als sie die, die an der Butter festkleben, runterpulen will, haut ihr Lino auf die Hand. Die ist jetzt voller Butter. Ella versucht, die Butterhand an seinem T-Shirt abzuwischen. Lino springt auf und packt sie am Handgelenk, will es nach hinten umbiegen, sie in die Knie zwingen. Das macht er immer und dann soll sie ihn auf Knien um Verzeihung bitten. Meistens muss Ella dann so lachen, dass sie gar nichts sagen kann. Dann lässt Lino locker, aber diesmal drückt er fest zu. Das ist überhaupt nicht mehr lustig.

»Aua!«

Lino will, dass sie zurücknimmt, was sie eben gesagt hat. »Na los!«, zischt er. »Gib zu, dass Malle eine Krücke ist!«

»Niemals!« Ella beißt die Zähne zusammen.

Aus dem Badezimmer hört man den Föhn und die Mutter summen. Lino und Ella haben gelernt, leise zu kämpfen. So können sie die zehn Minuten am Morgen, wenn sich ihre Mutter föhnt, immer ausnutzen, um Meinungsverschiedenheiten zu regeln. Für einen Pferdekuss zwischendurch reicht eine Klospülung.

Ellas Handgelenk ist schon ganz rot, aber sie denkt gar nicht daran, in die Knie zu gehen. Die Zeiten sind vorbei! Sie beißt die Zähne zusammen und schließt die Augen. Mal sehen, was ihr mit geschlossenen Augen einfällt. Nichts. Leider. Nur der Schmerz sticht bis in den Magen.

»Guck mich an!«, sagt Lino.

Sie lässt die Augen zu.

»Mach sofort die Augen auf und sag, dass Malle Winter eine verdammte Krücke ist!«

Jetzt ist es so weit. Der Druck um ihr Handgelenk wird lockerer und schon springt Ella Lino mit dem Hacken auf den kleinen Zeh. Getroffen! Er lässt sie los. Rote Wutflecken erscheinen an seinem Hals.

»Ohne Malle könnt ihr einpacken«, sagt Ella.

Im Badezimmer geht der Föhn aus. Die Kinder stürmen auf die Stühle und picken die Crunchy-Kringel vom Tisch; Lino spült mit Milch aus der Tüte nach.

»He!«, sagt Mama mit frischer Föhnfrisur. »Wir trinken nicht aus der Packung.«

Lino nimmt die Tüte vom Mund und gießt sich Milch in sein Glas.

»Würdest du bitte deiner Schwester auch Milch einschenken?!«

Lino macht das Glas so voll, dass Ella es nicht mehr heben kann.

Die Mutter seufzt. »Können wir nicht einmal in Frieden frühstücken?«

Ella schlürft Milch aus dem vollen Glas.

»Und wie sieht das hier schon wieder aus!«

»Ella hat mich mit Butter vollgeschmiert«, sagt Lino und zeigt auf den Ärmel seines T-Shirts.

»Weil er meine Hand in die Butter gehauen hat«, sagt Ella. »Und die Crunchys hat er auch alle aufgegessen.«

»Hab ich nicht!«

Die Mutter gießt sich Kaffee ein und seufzt schon wieder. »Nur einmal in Ruhe frühstücken ... ganz normal, wie in anderen Familien auch. Was würde ich darum geben!«

»Was denn?«, fragt Ella.

»Euch zum Beispiel«, sagt Mama.

Auf dem Schulweg gehen sie hintereinander her. Lino will das neuerdings so, er will nicht mit seiner kleinen Schwester gesehen werden. Dabei haben sie letzten Herbst noch wie die Verrückten zusammen gebolzt. Ella kickt einen Stein weg. Kleine Schwester, pah! Sie ist nicht mal ein ganzes Jahr jünger als Lino, nur elf Monate und fünf Tage. Und es dauert nicht mehr lange, dann wird sie auch elf und ist drei Wochen lang genauso alt wie er. Und es dauert auch nicht mehr lange, dann ist sie genauso groß wie er.

An der nächsten Ecke kommen ein paar von Linos Fußballkumpels dazu. Sie gehen zu dritt vor Ella her – natürlich mit Ball. Sie kicken, rennen, schubsen sich. Ella will nicht hinter den Hornochsen hergehen. Sie überquert die Straße und läuft auf der anderen Seite weiter. Nun ist sie auf gleicher Höhe mit den Jungs. Sie schauen zu ihr rüber. Ella streckt ihnen die Zunge raus.

Die Jungs gucken weg. Dann gucken sie wieder. Einer läuft gegen die Laterne. Boing! Ella grinst. »Schönen Gruß an die Beule!«, ruft sie über die Straße und fängt an zu hüpfen. Mit solchen Luschen kann man natürlich nichts gewinnen, nicht mal einen selbst gespendeten Pokal!

Im Nu ist sie verschwunden, um die Ecke, an der Turnhalle vorbei, schnell über den Platz geflitzt zum Eingang der Schule. Die Jungs schleichen gerade erst durchs Tor. Die anderen Fußballer vom 1. FC Südtiger sind auch schon da. Hoffentlich kommen sie am Nachmittag nicht wieder mit zu Lino. Letztes Mal haben sie erst die Kekse aufgefuttert, dann alle getrockneten Fruchtstückchen aus dem Müsli gefischt, und Georg, Rechtsaußen, hat voll neben das Klo gepinkelt.

Was haben die auch dauernd zu besprechen? Lino will das so, schließlich ist er der Mannschaftskapitän und Trainer. Er hat die Mannschaft vor einem halben Jahr auf die Beine gestellt und sogar Karteikarten von allen Spielern angelegt. Und dann haben sie alle möglichen Mannschaften zu Spielen herausgefordert, von Vereinen und von anderen Schulen. Lino wollte, dass alle Respekt und Angst vor den Südtigern bekommen und sich dann als Schulmannschaft beweisen, um die Meisterschaft zu gewinnen.

Zuerst lief es ganz gut, aber dann haben sie andauernd verloren, gegen Bornsloh 03 sogar haushoch. Die Bornsloher sind nämlich die richtigen Kracher, mit Jungs und Mädchen. Und Lino hatte vorher überall herumposaunt: »Denen haun wir in der ersten Halbzeit schon das Tor voll, dass die nicht mehr wissen, wie sie heißen.« Aber dann haben die Südtiger 1:4 verloren und bei der Revanche gleich noch mal 2:4. Danach haben Lino und Malle sich zerstritten und ein paar andere wollten auch nicht mehr zu den Südtigern gehören. Nur Georg, der Pinkler, und der, der eben vor die Laterne gelaufen ist, halten noch richtig zu Lino. Andauernd treffen sie sich und besprechen die Lage. Aber eine Fußballmannschaft muss zusammenhalten und Fußball spielen und nicht rumlabern. Kein Wunder, dass die Tiger die letzten Spiele vergeigt haben. Peinlich, auch für Ella. Neuerdings muss sie sich nämlich so dumme Sprüche anhören wie: »Na, ist dein Bruder auf dem absteigenden Ast?« Oder: »Seit wann spielt Lino denn in der Altherrenmannschaft?«

Wenn dieser Hirni bloß nicht so störrisch wäre und sie mitspielen lassen würde! Wird er schon sehen, was er davon hat!

Ella geht durchs Treppenhaus. Ein Schüler aus der zweiten Klasse spuckt vom vierten Stock ins Parterre. Als es unten platscht, rennt er oben weg.

In der Klasse trifft sie Carmen, Ranja und Jasmin. Sie reden über die Muster ihrer Strumpfhosen. Ella hat immer Jeans an. Deshalb kennt sie sich mit Strumpfhosen nicht aus. Nachdem sie die drei begrüßt hat, geht sie noch mal aufs Klo, in die dritte Kabine. Das ist ihre Lieblingstoilette, die hat ein Fenster und an der Tür stehen die lustigsten Sprüche. »Mehmed Kuhn liebt ein

Huhn«, oder: »Du kannst deinen Hintern schminken, wie du willst, es wird doch kein Gesicht daraus«, oder: »It's öde to be blöde«.

Ella hat auch schon was an die Tür geschrieben, oben links, in die Ecke: »Malle vor, noch ein Tor!« Aber das sagt sie niemandem. Das ist ihr Geheimnis, auch, dass sie von Malle Winter ein Foto hat. Ein Passfoto, vom vielen Angucken an den Ecken schon verknickt. Hat sie ihrem Bruder stibitzt, aus der Fußballkartei. Der braucht es jetzt sowieso nicht mehr, wo Malle ja nicht mehr bei den Südtigern ist. Sie bewahrt es in ihrer Fußballmappe auf, mit all den anderen Fußballbildern, die sie aus Zeitschriften ausgeschnitten hat.

Außer Malle findet sie noch den Franzosen Griezmann toll, der bei Atlético Madrid spielt, Neymar von Paris Saint-Germain, mit seinem knackigen Hintern, Lewandowski, weil er in neun Minuten fünf Tore schießen kann, und Fernando Torres, wegen seinem Killerinstinkt und weil er trotzdem total süß aussieht. Und natürlich CR7 – Cristiano Ronaldo! Aber das würde sie nie zugeben. In den sind ja alle bescheuerten Tussis verknallt. Ihre Fußballmappe hat sie auch noch niemandem gezeigt.

Ella drückt die Klospülung. Sie will gerade rausgehen, da sieht sie das neue Herz an der Tür, schräg über der Klinke. »Malle und Bonita« steht in dem Herz. »Malle und Bonita«, murmelt sie. Wie das brennt auf der Zunge! Sie geht raus und trinkt kaltes Wasser aus dem Hahn.

Auf dem Weg in die Klasse überlegt sie, wer das Herz dahin gemalt haben könnte. Gestern war es noch nicht da. Bonita heißt eigentlich Fiona Weber. Aber weil sie immer einen Handspiegel dabeihat und alle fünf Minuten guckt, ob ihre Wimpern auch noch lang genug sind und ihre Zähne glänzen, heißt sie bei allen nur Bonita. Carmen hat ihr diesen Spitznamen gegeben. Carmen kommt aus Argentinien und sagt, »Bonita« heiße auf Spanisch »Hübsche«. Dabei ist Bonita überhaupt nicht hübsch. Mal abgesehen von ihren dichten, schwarzen Wimpern ist sie stämmig wie ein Kartoffelstampfer und ihre Zähne glänzen nur, weil sie sie mit *Persil* putzt. Das hat Bianca Blume mal gesagt, die Blondste aus der Klasse, mit Busen, die immer tut, als wäre sie die Schönste im ganzen Land, und ein Haufen Mädchen hat sich darüber kaputtgelacht. Ella hatte zwar nicht mitgelacht, weil ihr Bonita in dem Moment leidtat, aber lustig fand sie die Vorstellung schon, wie sich jemand mit Waschmittel die Zähne putzt und das ganze Badezimmer vollschäumt.

Bestimmt hat Bonita selbst das Herz an die Tür gemalt, weil sie sich wünscht, dass Malle in sie verknallt ist. Dabei würde sich Malle garantiert niemals in eine wie Bonita vergucken!

Ella stolpert über eine Stufe, fängt sich wieder. Als sie auf der zweiten Treppe ist, klingelt es, aber sie hat keine Lust, sich zu beeilen. Zusammen mit Herrn Hempstädt, dem Mathelehrer, huscht sie in die Klasse.

Nach der Mathestunde muss Ella erst mal an die frische Luft. Sie kommt sich ganz verneunt vor. 5 x 19 plus 7 x 19 minus 99 … Am besten wäre es, die Neun rauszukicken. Da vorn bolzen die Jungs. Die haben es gut. Von den Mädchen will überhaupt keine mehr rennen. Haben Angst um ihre Strumpfhosen. Und Carmen, Ranja und Jasmin sind total im Justin-Bieber-Fieber, sie reden von nichts anderem mehr als von Justin, finden cool, dass er keine Lust hat, sich mit jedem Fan fotografieren zu lassen, hätten aber selbst gern so ein Selfie mit ihm. Die Einzige, die nicht »verbiebert« ist, ist Bonita, aber Bonita läuft auch nicht gern. Sie isst die ganze Pause über, erst Marmeladenbrötchen, dann Milchschnitte, manchmal auch Chips.

Ella kickt ein paar kleine Steine in den Grünstreifen und packt ihre Brote aus. Hunger hat sie auch nicht. Zum Glück haben sie in der nächsten Stunde Sport.

Hoffentlich lässt Frau Wilms sie erst ein paarmal um den Sportplatz laufen.

Plötzlich steht Malle neben ihr. Malle Winter. DER Spieler.

»Hey, Ella!« Er hat einen Stapel Zettel in der Hand. In der anderen einen angebissenen Apfel. Er gibt ihr einen Zettel.

»Hast du Lust mitzumachen?« Seine braunen Augen leuchten.

Sie kann nicht so schnell lesen. Hat ja noch lauter Neunen im Kopf und vor IHR steht Malle Winter, in schwarzen Turnschuhen und rotem T-Shirt. Mit seinen Locken spielt der Wind.

»Beim Fußballspielen?«

»Ja. Kannst du doch. Hast ja oft genug mit Lino rumgebolzt.«

Das Blut rauscht durch die Neunen in ihrem Kopf wie ein Sturzbach.

»Klar«, sagt Ella.

Malle beißt von seinem Apfel ab, dass es knackt.

»Wir machen eine gemischte Mannschaft auf. Jungs und Mädchen. Ich bin der Mannschaftskapitän und du könntest in den Sturm, weil du ja fußballtechnisch gut bist und schnell.«

Woher weiß er das? Hat er ihr etwa schon mal zugeguckt? Ihr wird ganz schwindelig bei diesem Gedanken. Ein Windhauch fährt ihr in den Nacken. Sie zieht die Schultern hoch, hält den Zettel fest in der Hand.

»Da steht alles drauf«, sagt Malle. »Besprechung und Probespiel sind morgen um vier in der Turnhalle. Wenn du noch beinstarke Freundinnen hast, bring sie mit.«

»Gut«, sagt Ella. Sie kann sich nicht rühren. Sie kann auch nichts lesen, sie hat auch keine Neunen mehr im Kopf. Nur noch rauschendes Blut.

»Na dann«, sagt Malle und beißt noch einmal in den Apfel, dass es knackt. Mit vollem Mund federt er auf den Zehenspitzen, läuft los, über den Schulhof, an ein paar Lehrern vorbei, verschwindet in einer Menge von Kindern.

Ella steckt den Zettel in die Hosentasche. Will auf die Toilette, in ihre Kabine, Nummer drei, die mit dem Fenster, und in Ruhe den Zettel lesen. Da haut ihr jemand mit voller Wucht von hinten auf die Schulter.

»Schieb mal ein Brot rüber«, sagt ihr Bruder. »Hab voll den Hunger.« Lino hat ein rotes Gesicht, vom Rennen. »Los, mach schon!« Neben ihm steht der, der heute Morgen vor die Laterne gelaufen ist. Ein rotes Horn ziert seine Stirn. Wie automatisch gibt Ella Lino ein Brot mit Käse. In zwei Bissen ist es weg.

»Was wollte denn Malle Winter von dir?«, fragt er sie mit vollem Mund.

»Was geht dich das an?«, sagt Ella.

»Sei nicht so zickig«, sagt Lino, »sonst gibt's was auf die Nuss.«

Sein Beulenkumpel guckt Lino erwartungsvoll an.

Ella grinst nur, breit und verächtlich, so wie die Cowboys grinsen, wenn sie gerade jemanden über den Haufen geschossen haben. Das haben sie mal mit Mama geübt, im Wohnzimmer, nach einem Western. Mama konnte am besten breitbeinig gehen und am schnellsten den Colt ziehen. Anstelle der Colts hatten sie sich Bananen in die Gürtel gesteckt. Linos war hinterher ganz matschig, weil er sie zu fest gedrückt hat.

»Richtige Cowboys gehen mit ihren Pistolen zärtlich um«, hat Mama gesagt und auf einen Blumentopf gezielt, den sie von Papa zum letzten Hochzeitstag bekommen hatte. Lino hat dann alle Pistolen aufgegessen und mit dem fiesen Grinsen angefangen. Aber Mama konnte nicht nur besser mit Bananencolts umgehen, sie konnte auch am fiesesten grinsen.

»Okay«, sagt Lino. »Ich krieg auch so raus, was Malle von dir wollte.« Er wirft seinem Beulenkumpel einen bedeutungsvollen Blick zu.

Ella lässt die Jungs einfach stehen und geht aufs Klo, holt den Zettel aus der Tasche und liest:

Hallo Leute! Wer hat Lust, richtig coolen Fußball zu spielen? Wir stellen eine echte Schulmannschaft auf, mit Jungs und Mädchen, ein »Mixed-Team«.
Ihr müsst älter als neun sein und jünger als zwölf.
Auch Südtiger sind willkommen!
Bitte meldet euch bei Marvin Winter (Klasse 6a) oder Herrn Kübel, unserem Sportlehrer. Alles Weitere erzählen wir euch

am Mittwoch, 16 Uhr, in der Turnhalle. Bitte Sportzeug mitbringen!

Ella zieht einen Stift aus der Hosentasche und schreibt »Yipieeeh!« quer über die Toilettentür.

Am Mittwochmorgen ist Ella schon lange vor dem Wecker wach. Sie springt aus dem Bett und geht im Schlafanzug in die Küche. Papa sitzt am Tisch und liest Zeitung. Er hat seine Krawatte über die Schulter gelegt, damit sie ihm nicht auf den Marmeladentoast fällt.

»Hallo, Schnecke, so früh schon munter?« Ella gibt Papa einen Kuss. Er hat frühmorgens ganz weiche Wangen. Abends kommt er kratzig nach Hause.

»Geht es dir gut?«, fragt er hinter der Zeitung hervor.

»Ja. Ich spiel jetzt Fußball, in einer richtigen Schülermannschaft«, sagt Ella und sprudelt nur so los.

Papa faltet die Zeitung zusammen. Er schaut auf die blauen Flecke an ihren Handgelenken. »Was ist denn das?«

»Lino«, sagt Ella. »Wer sonst?«

»Und wieso?«

Ella zuckt die Schultern. »Er ist sauer, weil er seinen besten Spieler verloren hat. Und seine Wut lässt er an mir aus.«

»Das geht aber jetzt zu weit!«, sagt Papa. Er zieht die Brauen hoch. »Fußball ist doch nur ein Spiel!«

Ella stöhnt. »Hast du 'ne Ahnung!«

Mama kommt im Bademantel in die Küche und gähnt. Sie freut sich, dass Papa Kaffee für sie gekocht und den Tisch gedeckt hat. Sie muss erst um halb neun ins Büro.

»Weckt mal einer Lino?«, sagt sie. »Ich hab es schon zweimal versucht. Ohne Erfolg.«

»Ich geh da auf keinen Fall rein. Bin ja nicht lebensmüde«, sagt Ella.

»Na, na, na«, sagt Papa. »So schlimm kann es doch wohl nicht sein.« Er kratzt sich am frisch rasierten Kinn. »Ich glaube, dann muss ich wohl mal ein Wörtchen mit ihm reden.«

Mama und Ella nicken. Papa steht auf und geht Lino wecken. Nach fünf Minuten hören sie eine Tür knallen und dann knallt noch mehr. Es hört sich an, als würde Lino sämtliche Klamotten gegen die Tür werfen.

Papa kommt wieder und sagt: »In so einem Zustand rede ich nicht mit ihm.«

»Martin, bitte«, sagt Mama. »Wenn du jetzt auch beleidigt bist, kommen wir nicht weiter. Lino rastet in letzter Zeit so schnell aus.«

Ella kann sich schon denken, was jetzt kommt.

»Dann setzen wir uns heute Abend alle zusammen

an den Tisch und machen eine Familiensitzung«, sagt Papa.

Als wenn das etwas ändern würde.

»Gute Idee«, sagt Mama. »Nur, wie kriegen wir Lino jetzt in die Schule?«

Ella ist es völlig egal, wie Lino in die Schule kommt. Sie schnappt sich ihre Fußballklamotten für das Probespiel am Nachmittag und macht sich schon mal auf den Weg. Das wäre vor ein paar Monaten noch undenkbar gewesen. Kaum zu glauben, was für einen Spaß sie zusammen auf dem Schulweg hatten. Einmal haben sie versucht, den ganzen Weg ohne Zunge zu reden und dabei Lehrer nachzuäffen. Das konnte Lino am besten. Ella hätte sich vor Lachen beinahe in die Hose gepinkelt. Aber das ist vorbei.

Damals waren er und Malle ein super Team, hatten die ganze Mannschaft im Griff, auch ohne Lehrer als Trainer. Ella hatte die beiden oft genug beobachtet, besonders Malle. Wenn Lino ihn bloß nicht ewig rumkommandiert hätte – Malle, stell dich da hin! – Zieh die Schultern ein! – Schieß doch mal mit links! Dabei ist Malle der absolute Profi. Ein Wunder, dass er es überhaupt so lange mit ihrem Bruder ausgehalten hat.

Im Unterricht kann Ella nicht aufpassen. In Mathe, beim Kopfrechnen, fällt ihr nicht ein, was 5 mal 13 plus 12 minus 28 ist. Selbst Aufgaben mit der Elferreihe, die sie vor- und rückwärts kann, hat sie nicht mehr im Kopf. Sie muss immerzu an Malle denken und an die

Mannschaftsaufstellung heute Nachmittag. Wer wohl alles mitspielt? Sie beobachtet Bonita und versteckt sich hinter Carmens schwarzen Haaren, damit der Hempstädt sie nicht sieht und gar nicht erst auf die Idee kommt, sie dranzunehmen. Am liebsten würde sie die Uhrzeiger anschieben, damit die Zeit schneller vergeht! Bonita meldet sich in einer Tour und flötet die Antworten mit zuckersüßer Stimme. Hatte sie die immer schon oder erst, seitdem sie in Malle verknallt ist? Herr Hempstädt freut sich über alles, was sie sagt. Ella verzieht das Gesicht. Endlich klingelt es. Sie springt als Erste auf und rennt zur Tür, ist längst weg, bevor der Hempstädt sie zurückpfeifen kann. Die Hausaufgaben wird sie sich nachher von Carmen oder Jasmin holen.

Auf dem Schulhof hält sie Ausschau nach Malle, aber sie sieht nur Lino. Er scheint also doch irgendwie aus dem Bett gekommen zu sein. Er steht mit Georg, dem Pinkler, und dem Beulenkumpel hinten am Hagebuttenbusch und redet auf sie ein. Bestimmt geht es um ihr nächstes Spiel. Ella setzt sich schon mal auf die Stufen vor die Turnhalle und holt einen Apfel aus der Tasche. Sie beißt genauso ab wie Malle gestern von seinem Apfel, dass es kräftig knackt.

Im Sportunterricht tobt sie sich aus, nach dem Zirkeltraining spielen sie Fußball. In jeder Mannschaft sind sieben Mädchen. Sie ist Mittelstürmerin. Im gegnerischen Tor steht Bonita.

Ella holt sich den Ball, spielt ihn zu Carmen. Carmen haut ihn zurück, Ella stoppt ihn mit links, täuscht ihre

Gegnerin, läuft an Ranja vorbei. Ranja will sich den Ball holen, aber Ella schießt zu Jule. Jule verpasst den Ball, schlägt sich die Hand vor den Mund und sagt: »Oh!« Jasmin stolpert und kickt den Ball an Ranjas Knie. Er fliegt ins Aus. Einwurf für Ellas Mannschaft.

Bonita, die die ganze Zeit wie King Kong im Tor hin und her gehüpft ist, richtet sich auf und reckt sich. Na warte! Der wird Ella schon Dampf machen.

Jule wirft den Ball ein. Ella dribbelt ihn um Ranja herum, trickst auch Jasmin aus und sprintet nach vorn, genau auf Bonita zu. Bonita geht in die Knie, ihre Gorillaarme berühren fast den Boden, bereit, den Ball zu fangen. Ella schießt mit Vollspann aufs Tor. Ein Wahnsinnsschuss, eine Granate! Aber Bonita hält den Ball und geht mit ihm zu Boden. Alle Mädchen klatschen!

Ella kommt sich ein bisschen blöd vor. Sie war so sicher, dass das ein Tor werden würde. Frau Wilms, die Sportlehrerin, ruft: »Super Parade, Fiona! Manuel Neuer hätte den auch nicht besser gehalten.«

Bonita strahlt und reibt sich die Seite.

»Du machst hoffentlich auch bei der neuen Fußballmannschaft mit?«, fragt Frau Wilms.

»Na klar!«, sagt Bonita. Sie hat immer noch den Ball unterm Arm. Ella bleibt die Spucke weg. Seit wann dürfen Gorillas Fußball spielen?

Nach der Schule geht Ella mit zu Jasmin. Bei ihr zu Hause ist ja doch keiner da, nur die Mikrowelle. Und wenn sie Pech hat, Lino mit seinen Fußballdeppen.

Jasmins Mutter backt ihnen Pfannkuchen und sie schmieren sich dick Pflaumenmus darauf. Leider schafft Ella nur einen, der Magen ist zu, voller Vorfreude auf vier Uhr. Wer wohl alles kommt und wie das wohl ist, in einer eigenen Mannschaft zu spielen? Jasmin holt ihr neues Schminktäschchen hervor und zeigt ihr drei verschiedene Wimperntuschen.

»Willst du eigentlich wirklich beim Fußball mitmachen?«, fragt Ella.

»Klaro«, sagt Jasmin. »Ranja und Carmen sagen, davon bekommt man schöne Beine.«

»Aber wenn man zu viel Wimperntusche drauftut, sieht man den Ball nicht mehr.«

»Haha!« Jasmin klappt das Täschchen zu.

»War ja nur ein Scherz«, sagt Ella, weil Jasmin echt beleidigt guckt.

Endlich ist es halb vier. Um Viertel vor vier sind sie an der Turnhalle. Malle Winter kommt fünf Minuten später. Er hat seine braunen Locken mit einem Haarreif zurückgebunden, genau wie Antoine Griezmann. Und wie er dasteht, mit dem Ball unter dem Arm. Total süß! Dann biegt Frau Wilms um die Ecke.

»Hallo«, sagt sie. »Schön, dass ihr gekommen seid.« Sie gibt Jasmin und Ella die Hand. Malle gibt ihnen auch die Hand. Ella hat Malle bislang noch nie die Hand gegeben, sie zögert, aber dann nimmt sie sie doch, schaut ihm in die braunen Augen und merkt, wie sie rot wird. Gut, dass in dem Moment die anderen kommen: Carmen, Ranja und Bonita. Wer da alles mitspielen will! Ella staunt nicht schlecht. Jeder gibt jedem die Hand. Ella sagt: »Das ist ja ein richtiges Handspiel hier«, und alle fangen an zu lachen.

»Genau«, sagt Frau Wilms. »Vor dem Fußball kommt das Handspiel und ich möchte, dass wir uns vor jedem Training so begrüßen. Auf dem Feld ist Handspiel natürlich verboten.«

Ella verdreht die Augen. Hoffentlich wird hier nicht nur geredet, sondern auch Fußball gespielt. Bonita lächelt ihr zu, aber Ella tut so, als sähe sie das nicht.

Endlich trudelt auch eine Horde Jungs ein. Jetzt sind sie vollzählig: drei Jungs aus der 5b wollen mitmachen und fünf aus der 6a. Pascal Schulze ist auch dabei, der linke Verteidiger von den Südtigern. Ob Lino das schon weiß? Ella freut sich, dass auch richtige Könner dabei sind. Und mit denen darf sie jetzt zusammen spielen! Wann geht es denn endlich los? Ella wird schon ganz unruhig. Aber als Herr Kübel, der Sportlehrer der Jungs, endlich ankommt, fängt erst mal die Lagebesprechung an.

»Herr Kübel ist Trainer der neuen ›Mixed-Mannschaft‹«, sagte Frau Wilms. »Und ich bin eure Betreuerin – auch für die Jungs.« Alle kichern. »Wir wollen euch richtig fit machen«, sagt Frau Wilms. »Das wollten wir ja schon mit den Südtigern, aber sie wollten keine Sportlehrer als Trainer und vor allem keine Mädchen in der Mannschaft. Vielleicht überlegen sie es sich ja jetzt anders und machen bei uns mit. Wir brauchen jede Menge gute Leute, sagt das weiter. Wir wollen nämlich die Schulmeisterschaft gewinnen. Wir wollen den Pokal!«

Alle klatschen. Herr Kübel fährt fort: »Wir wollen guten und schönen Fußball spielen und uns einen Namen machen, als erste gemischte Truppe in unserer Stadt.«

Ella beobachtet Bonita, wie sie Schulter an Schulter neben Malle steht. Zum Glück hat der die Arme vor der Brust verschränkt und beachtet sie nicht weiter.

»Und noch was«, sagt Frau Wilms. »Denkt bitte alle über einen Mannschaftsnamen nach.«

Dann dürfen sie sich endlich umziehen. Herr Kübel

stellt drei gemischte Mannschaften mit je sechs Spielern auf und verteilt die Positionen.

Ella ist mit Malle im Sturm, Carmen und Tom sind im Mittelfeld, Jasmin, Pascal Schulze, der Ex-Tiger, sind auch hier in der Abwehr. Bonita spielt in der gegnerischen Mannschaft und will unbedingt ins Tor.

»Ich kann das!«, ruft sie und strahlt. Ella schaut ihr nach, wie sie ins Tor geht. Dem Dickerchen wird sie es schon zeigen! Sie schwebt neben Malle her, zum Mittelkreis.

Sie machen sich warm, Herr Kübel pfeift das Spiel an und Malle schießt sofort ein Tor. Keine Chance für Bonita, den Schuss zu halten. Der Ball ging weit über ihr ins Netz. Eins zu null für Ellas Mannschaft. Ella will unbedingt auch ein Tor schießen, aber andauernd kommt jemand und tritt ihr den Ball weg, verdammt noch mal! Jetzt steht sie frei; Malle reagiert sofort, passt ihr den Ball zu. Ella dribbelt an einem Jungen aus der 5a vorbei, trickst den dicken Mustafa aus, stürmt durch eine Abwehrlücke aufs Tor – und schießt. Bonita hechtet vor und kriegt den Ball in den Bauch. Sie bekommt keine Luft mehr, kann nicht allein aufstehen. Frau Wilms stützt sie, aber den Ball lässt Bonita nicht los. Schon wieder klatschen alle, auch Malle. Ella würde am liebsten im Boden versinken. Hier wird ja mehr geklatscht als gespielt! Einen Moment lang will sie alles hinschmeißen, abhauen, nichts mehr mit Fußball zu tun haben und Malles Passfoto in den nächsten Mülleimer werfen, da pfeift Herr Kübel das Spiel ab und lobt die Spieler und Spielerinnen. Jetzt sollen die anderen mal zeigen, was sie draufhaben.

Ella schaut ihnen zu. Jasmin steht nur herum und schlägt die Hände vors Gesicht, wenn der Ball in ihre Nähe kommt. Von den Jungs, die Ella nur vom Sehen her kennt, spielen einige ganz gut, lassen die Mädchen aber nicht an den Ball. Warum geht Leni denn nicht mal mit ihren langen Beinen dazwischen?

Hinterher sitzen alle verschwitzt auf dem Boden und die Sportlehrer verteilen Aufnahmeanträge, die von den Eltern unterschrieben wieder mitgebracht werden müssen.

»Fürs erste Mal war es schon ganz gut«, sagt Frau Wilms. »Wir müssen uns ja auch erst mal kennenlernen und dann werden wir uns schon richtig einspielen!«

Ella ging das alles viel zu schnell und das nächste Training ist erst am Freitag um 16 Uhr.

»Dann geht es richtig los«, sagt Malle und zwinkert Ella zu.

Auf dem Rückweg kickt Ella alle Steine vom Gehsteig, die sie finden kann. Sie hat immer noch Malles Zwinkern vor Augen.

Endlich Freitag. Ella packt ihre Tasche. Ihre Fußballschuhe hängen aneinander. Sie zieht, aber was ist das? Die Schnürsenkel sind voller Knoten!

»Lino, du Arschgeige!«, flucht sie. Wer sonst sollte ihr die Fußballschuhe zusammenknoten? Ella bricht sich fast die Finger, versucht es mit einem Kugelschreiber, mit einem Brieföffner, aber sie kriegt die Knoten nicht auf. Es nützt nichts, sie muss eine Schere holen. Sie zerschneidet die Schnürsenkel, kocht. Ihre Finger zittern. Sie kann kaum die Schere halten, überlegt bei jedem Schnitt, was sie Lino zerschneiden könnte. Am liebsten würde sie sein ganzes Zimmer in den Reißwolf stecken. Aber jetzt braucht sie erst mal neue Schnürsenkel. In einer halben Stunde beginnt das Training. Lino ist nicht da. Seine Fußballschuhe auch nicht. Seine anderen Schuhe haben Klettverschluss. Die Schnürsenkel aus Papas Schuhen sind zu kurz und Mama trägt nur

Schuhe zum Reinschlüpfen. In der Schuhputzkiste liegt auch keine Ersatzpackung Schnürsenkel. So ein verdammter Mist!

Sie zieht die Bänder aus Papas Schuhen heraus, fädelt sie bei sich ein. Die oberen drei Löcher bleiben frei, die Zunge lappt weit heraus. Damit kann man rappen gehen, aber nicht Fußball spielen. Wenn sie diesen Idioten zu fassen kriegt!

Ella merkt, wie ihr Tränen über die Wange laufen, auf die Fußballschuhe tropfen. Sie wischt sich mit dem Handrücken über die Augen und geht in Linos Zimmer. Ihr Herz klopft wild. Einen Moment ist sie unschlüssig, dann reißt sie das lebensgroße Poster von Arturo Vidal ab, das heiß geliebte, handsignierte, das er über eBay ersteigert hat. Sie kann nicht eher aufhören, bis sie »König Arturo« in klitzekleine Fetzen zerrissen hat. Plötzlich hört sie die Haustür. Mama ist wieder da. Freitags kommt sie immer schon um drei nach Hause.

Ella rennt aus Linos Zimmer und zeigt ihr die verknoteten Schnürsenkel.

»Lass mich erst mal reinkommen«, sagt Mama, hängt ihr Jackett auf einen Kleiderbügel und streift sich die Pumps ab. Sie geht mit Ella zum Esstisch und schaut sich die abgeschnittenen Knoten an.

»Das ist ja nicht zu fassen«, sagt sie. »Wir müssen dringend mit Papa darüber reden. Wenn er am Sonntag wiederkommt. Du weißt doch, er ist dieses Wochenende in Duisburg beim Klassentreffen.«

»Wir können auch ohne Papa darüber reden«, sagt

Ella. »Schließlich ist Lino auch dein Sohn!« Sie ballt die Hände zu Fäusten und die Tränen laufen ihr immer noch über die Wangen. Mama nimmt sie in die Arme und drückt sie fest an sich.

»Das geht wirklich zu weit«, sagt sie und streichelt über Ellas Rücken. »Was ist nur mit Lino los in letzter Zeit? Was ist das nur für eine Phase?«

Phase, Phase … wie sich das anhört! Wenn Erwachsene nicht weiterwissen, liegt es immer an einer Phase, die man angeblich gerade durchmacht. Mama hat gesagt, Lino stecke im Augenblick in einer überwiegend aggressiven Phase. So ein Schwachsinn! Lino ist ein Saukerl, ob mit oder ohne Phase, denn sonst würde er ihr ja nicht die Fußballschuhe ruinieren!

Wütend kickt Ella einen Stein aus dem Weg. Wie soll sie nur mit den halb geschnürten Schuhen spielen? Mama hat ihr zwar Geld gegeben, um neue Schnürsenkel zu kaufen, aber die kriegt man nur in der Stadt und bis in die Stadt schafft sie es vor dem Training nicht mehr. Aber gleich Montag nach der Schule wird sie ins Kaufhaus gehen. Mama hat ihr etwas mehr Geld mitgegeben, damit sie sich noch etwas anderes kaufen kann. Carmen, Ranja oder Jasmin kommen bestimmt mit, die gehen ja so gern shoppen. Dass die jetzt auch beim Fußball mitmachen, findet Ella schon ein bisschen komisch, wo Jasmin beim Sport jedes Mal zusammenzuckt, wenn sie nur einen Ball sieht. Aber Carmen ist gar nicht so schlecht und aus Ranja könnte eine gute

Abwehrspielerin werden. Vielleicht hören sie dann ja auf, immer nur über Schminke, Stöckelschuhe und Justin Bieber zu reden, und werden wieder ganz normale Mädchen.

Als Ella auf den Schulhof kommt, sieht sie schon von Weitem Bonita mit Malle Winter vor der Turnhalle stehen. Malle dribbelt mit dem Ball wie ein Basketballspieler. Bonita versucht, ihm den Ball abzuknöpfen. Sie schafft es nicht. Malle kann eben nicht nur mit den Füßen gut dribbeln. Bonita schnauft schon. Kein Wunder, bei der Figur! Malle schaut hoch, sieht Ella und wirft ihr blitzschnell den Ball zu, aber Ella kann ihn nicht fangen, sie hat ihre Sporttasche in der Hand. Beinahe fliegt ihr der Ball ins Gesicht, aber da köpft sie ihn haarscharf über Bonita hinweg, an die Tür.

»Tor!«, grölt Malle und nickt anerkennend. Bonita zieht einen Apfel aus der Tasche.

»Seit wann isst DU denn Äpfel?«, rutscht es Ella heraus.

»Will ein bisschen fitter werden«, sagt Bonita mit vollem Mund und fragt, ob Ella auch mal beißen will. Ella lehnt ab.

»Und du?« Bonita hält Malle den Apfel hin. Er umfasst Bonitas Hand mit dem Apfel und beißt ab. Dabei schauen sie sich in die Augen. Ella fällt die Kinnlade runter.

»Äpfel sind genau das Richtige für Fußballer«, erklärt Malle. »Knackig, saftig und gesund.« Er schaut Bonita an. »Und fußballtechnisch bist du schon voll gut im Tor.«

»Oh, danke«, flötet Bonita und klimpert mit den Wimpern.

Sülz, Sülz. – Will sich wohl bei ihm einschmeicheln, zeigt auch ihre persilweißen Zähne. Sie glänzen und schimmern und stehen ihr eigentlich ganz gut, besonders wenn sie lacht, so wie jetzt, auch wenn sie den Mund dabei immer so weit aufreißt, und richtig dick ist Bonita eigentlich auch nicht, sie ist nur *ein bisschen kräftiger*, wie Mama sagen würde. Egal. Für Ella bleibt sie trotzdem ein grinsender Kartoffelstampfer.

Malle und Bonita lachen. Ella hat leider nicht mitgekriegt, worüber. Steht da wie Klein Doofi und würde am liebsten abhauen. Zum Glück kommen die anderen mit Herrn Kübel und Frau Wilms und schließen die Tür auf.

In der Umkleidekabine zieht sich Bonita neben Ella um. Sie scheint sich für ihr Kartoffelstampferdasein noch nicht mal zu schämen. Sie lässt alle Hüllen fallen, nur das Bustier behält sie an. Es ist ein hellblaues mit breitem Bündchen. Das durften schon alle Klassenkameradinnen beim Sport bewundern.

Ein paar von den Mädchen haben so ein Teil, Bianca Blume, die eingebildete Lästertante, hat sogar einen schwarzen Push-up-BH mit Spitze. – Ätzend!

Frau Wilms steht in der Tür und sagt: »Hört mal bitte alle zu! Zum Fußballspielen gehört auch die richtige Unterwäsche. Bittet eure Mütter, euch Sport-BHs zu kaufen. Das ist ganz wichtig und …«

Ella wird rot. Sie braucht keinen BH. Sie ist dünn und zäh und hoffentlich wird sie nie solche Dinger haben, die sie in einen Sport-BH packen muss.

Sie bückt sich und zieht sich die Fußballschuhe an. Frau Wilms deutet auf die herauslappende Zunge. »Du brauchst andere Schnürsenkel«, sagt sie.

»Ich weiß«, knurrt Ella und muss sich beherrschen, nicht auszurasten.

Frau Wilms verteilt schon wieder Zettel. »Mädchen und Fußball« steht darauf, als wenn das etwas Besonderes wäre. Seit Ella denken kann, spielt sie Fußball. Mit Lino hat sie schon bis aufs Blut um den Ball gekämpft, und zwar ohne Sport-BH.

Ella steckt sich das T-Shirt in die Trainingshose, lässt das Gummiband an ihren flachen Bauch flutschen und stapft mit halb offenen Fußballschuhen nach draußen.

Bonita und Malle kommen hinter ihr her und holen sie ein. Aber Ella guckt nur auf den Boden und kickt jeden Kieselstein weg.

»Fußballtechnisch gesehen ...«, sagt Malle und zeigt auf ihre Füße, »... sind das aber nicht die richtigen Schnürsenkel.«

»Was du nicht sagst«, fährt sie ihn an, in einem Ton, als wäre er ihr Bruder und nicht Marvin Winter!

Sie gehen über den Spielplatz zum Sportplatz. Bonita bleibt stehen. »Warte mal, ich hab eine Idee!«

Sie hält Ella ihr Handgelenk hin, tippt auf die Freundschaftsbänder. »Hier, neue Schnürsenkel.«

Ella starrt verdutzt auf die Bänder.

Bonita sagt: »Die geflochtenen knoten wir aneinander. Komm, wir probieren das mal aus. Setz dich hin und gib mir einen Schuh.«

Ella setzt sich auf den Boden. »Das hält doch nie im Leben.«

Bonita erwidert nichts, hochkonzentriert, mit der Zungenspitze zwischen den Lippen, dröselt sie sich drei Freundschaftsbänder vom Handgelenk und knotet sie mit den Schnürsenkeln zusammen, gibt Ella einen. »Hier, hilf mal mit!«

Das Einfädeln ist gar nicht so leicht, aber als es geschafft ist, reichen sie tatsächlich über das letzte Loch hinaus. Ella kann sogar noch eine Schleife mit Doppelknoten machen.

»Passt doch«, sagt Bonita. »Auch wenn es ein bisschen patchworkmäßig aussieht.«

Ella ringt sich ein Lächeln ab.

Von Weitem ruft Malle: »Hey, Fiona, Ella, kommt ihr endlich?«

»Sofort!« Ella springt auf. Bonita erhebt sich gemächlich.

»Danke«, murmelt Ella. »Die bezahl ich dir. Wie viel haben sie gekostet?«

»Die sind unbezahlbar«, sagt Bonita. »Lass uns zusammen ein Eis essen gehen, dann sind wir quitt.«

Sie sollen drei Runden um den Platz laufen, Bonita schnauft schon bei der zweiten; Ella läuft an Malles Seite. Jede halbe Runde sollen sie sprinten. Ella könnte noch drei Runden laufen, aber Herr Kübel pfeift und winkt sie aufs Feld.

Frau Wilms hat ein Netz voller Bälle. Sie bekommen zu zweit je einen Ball und dann wird Ballabgabe und -annahme geübt. Frau Wilms teilt ein: Bonita mit Tarek, Malle mit Leni, Ella mit Tom. Sie erklärt, dass man den Ball mit der Sohle stoppt und mit der Innenseite des Fußes, dem Innenrist, schießt. Ella, Tom und die anderen, die sich auskennen, dürfen schon anfangen.

Herr Kübel geht mit ihnen in die eine Spielhälfte. Die Spieler sollen sich einander gegenüber aufstellen. »Fünf Meter Abstand lassen! Derjenige, der den Ball hat, läuft auf seinen Spieler zu. Dabei ganz eng am Ball bleiben!«

Herr Kübel tänzelt mit dem Ball durch die Gegend. Es sieht ganz leicht aus, aber Ella weiß, dass es nicht einfach ist, mit dem Ball am Fuß zu rennen.

Tom ist fast einen Kopf kleiner als Ella. Seine Haare sehen aus wie ein frisch gemähter Fußballrasen. Er schießt extra stark, aber Ella stoppt jeden Ball. Er hingegen stolpert über ihre Bälle, muss hinterherlaufen und pfeffert sie noch stärker zurück, aber Ella kriegt sie trotzdem.

Sie hört, wie Herr Kübel ruft: »Tom, nicht so hart schießen, mehr stoppen und passen!«

Toms Mundwinkel hängen schon fast auf dem Boden. Ella spielt ihn ganz schön aus. Als er bei ihrem nächsten Schuss in die Luft anstatt gegen den Ball tritt, pfeift Herr Kübel ab. »Ella«, sagt er und grinst ein bisschen. »Nicht tricksen, sondern ganz normal passen!«

»Ich trickse ja gar nicht!«

»Tust du doch!«, sagt Tom. »Du schneidest jeden Ball an. Das ist fies.«

»Na, fies ist es nicht«, sagt Herr Kübel, »sondern reiner Spieltrieb, stimmt's, Ella?«

Ella nickt.

»Aber jetzt kick ihn zum Üben bitte gerade rüber. Und denkt dran, ihr seid in einer Mannschaft und müsst *miteinander* spielen, nicht *gegeneinander*, sonst kann man nicht gewinnen!«

Als Nächstes ist Zweikampf dran. Im Dribbeln ist Tom gar nicht so schlecht, aber Ella findet immer eine Gelegenheit, ihm den Ball abzunehmen. Das hat sie mit Lino früher stundenlang geübt. Keiner kann so gut mit dem Ball umgehen wie ihr Bruder. Er jongliert den Ball von einem Fuß auf den anderen, dribbelt dem Gegner vor der Nase her und schlägt Haken.

Aber nach und nach hat Ella den Dreh rausgekriegt und auch ihm die Bälle abgespitzelt. Wenn sie ihm beim Rumbolzen die Bälle drei-, viermal hintereinander abgenommen hatte, wurde er sauer und fing an, mit den Ellenbogen zu schubsen oder sie mit der Schulter wegzurempeln.

Aber sie hat dagegengehalten, und das letzte Mal, als sie zusammen gespielt haben, ist aus der Rangelei plötzlich eine heftige Rempelei geworden. Der Ball war längst weg und Lino hielt sie am T-Shirt fest und dann hat sie ihn volle Pulle geschubst und er hat volle Pulle zurückgeschubst und dann haben sie sich über den Platz gewälzt. Am Ende hat er den Ringkampf gewonnen und sie war so was von wütend, als er sie auf den Rücken legte und die Arme über den Kopf bog, dass sie ihn angespuckt hat.

»Mit dir spiel ich nicht mehr«, hat er gesagt und dabei ist es geblieben.

Tom jagt ihr den Ball ab. Sie hat nicht aufgepasst. Aber sie holt ihn sich schnell wieder und dann dribbeln sie zusammen aufs Tor zu. Das geht schon ganz gut.

Zum Abschluss üben sie Elfmeterschießen. Bonita geht ins Tor. Herr Kübel steht neben ihr und gibt Anweisungen.

Bonita nickt zu allem, sagt, sie habe oft genug mit ihrem Vater Fußball gespielt. Im Urlaub, in Italien am Strand stand sie immer im Tor. Sie spuckt kräftig in die Torwarthandschuhe und reibt sie aneinander.

Malle schießt als Erster. Er läuft an, verzögert kurz vor dem Ball, schaut in die linke Ecke und schießt in die rechte. Bonita hat keine Chance.

Ella kann sich ein schadenfrohes Grinsen nicht verkneifen.

Auch Malles nächste beiden Schüsse sind Volltreffer. Herr Kübel erklärt Bonita, was sie an ihrer Haltung und Reaktion ändern muss.

Bonita nickt immerzu und sieht plötzlich verloren aus in dem großen Tor. Sie beißt sich auf die Unterlippe und versucht, sich nur auf den Ball zu konzentrieren, man sieht es ihr an. Toms Schuss hält sie. Er hat aber auch genau auf den Mann gezielt – vielmehr auf die Frau. Den zu halten war wirklich kein Kunststück.

Dann legt sich Ella den Ball zurecht. Sie holt aus, schneidet den Ball gekonnt an, er fliegt einen eleganten Bogen, landet aber am Pfosten. Ella stampft wütend mit dem Fuß auf. Wie konnte das passieren? Dann ist Jasmin dran. Die trifft nicht mal das Tor und tut sich am Zeh weh, hüpft auf einem Bein herum und macht vielleicht mal ein Gezeter.

Später, in der Umkleidekabine, lobt Frau Wilms, dass sie alle wunderbar gespielt hätten. »Ihr wart riesig! Und denkt dran, nur gemeinsam sind wir stark!«

Ella versteht nach wie vor nicht, wie sie vorhin so blöd danebenschießen konnte. Sie hängt mit dem Oberkörper über den Knien und fummelt den Doppelknoten von Bonitas Freundschaftsbändern auf. Haben echt gut gehalten. Von wem Bonita die wohl bekommen hat? Geflochtene. Ziemlich altmodisch. Ella würde damit nicht rumlaufen. Jasmin jammert immer noch wegen ihrem Zeh. »Ich glaube, Fußball ist doch nicht das Richtige für mich«, sagt sie.

Damit könnte sie recht haben.

Bonita steht schon draußen vor der Tür und quatscht mit Malle. Man hört sie bis in die Umkleidekabine. Als Ella endlich fertig ist, stehen die beiden immer noch da. Sie reden über Fußball; Ella hat Malle noch nie über etwas anderes reden hören, aber er sieht so verdammt niedlich aus dabei. Von der Seite original wie Antoine Griezmann. Warum erzählt er ihr nicht was von Fußball? Glaubt er etwa, sie weiß schon alles? Dann könnte man sich ja erst recht unterhalten, von Fachmann zu Fachfrau sozusagen, aber lieber quatscht er Bonita voll.

Und es sieht nicht so aus, als würden die beiden sich gleich trennen. Wirklich unerträglich, das Gelabere.

»Kommst du mit, Bonita, ich kauf dir jetzt ein Eis«, fragt Ella dazwischen und wird knallrot, denn die beiden fangen laut an zu lachen.

»Ja, Mutti«, sagt Malle.

»Ich meine …«, Ella pustet sich Luft an die Stirn, tut

so, als sei ihr noch vom Training heiß. »Ich schulde ihr noch ein Eis.«

»Geht jetzt leider nicht«, sagt Bonita. »Ich muss nach Hause, auf meine kleine Schwester aufpassen. Vielleicht morgen?«

»Okay«, brummt Ella. Hauptsache, sie hat es schnell hinter sich.

Malle muss noch mal zu Herrn Kübel. Bonita und Ella gehen zusammen bis vor die Schule. Dann trennen sich ihre Wege. Ella biegt um die Ecke und trabt gleich los.

»Ciao!«, ruft Bonita ihr hinterher.

Zu Hause sitzt Mama mit Marion, ihrer alten Schulfreundin, am Tisch.

»Ella«, sagt sie. »Komm mal. Ich muss mit dir reden.« Mama tätschelt Ellas Arm und streicht sich die Haare hinter die Ohren. Das tut sie immer, wenn sie nervös ist. »Lino ist stinksauer. Du weißt, wieso.« Ihre Stimme klingt streng.

Ella zieht den Arm weg und schimpft los – klar habe sie das Poster zerrissen und er könne froh sein, dass sie aus seinem Zimmer nicht Kleinholz gemacht habe. Sie verschränkt die Arme vor der Brust. Marion macht ein besorgtes Gesicht. So gucken Erwachsene immer, wenn sie mal wieder nichts verstehen.

»Da bin ich aber froh, dass du dich mit dem Poster begnügt hast«, sagt Mama ironisch. »Hör mal zu! Ihr beiden müsst dringend wieder eine andere Ebene finden. Aufeinander einschlagen und dem anderen was kaputt machen ist keine Lösung!«

»Ja!«, schreit Ella. »Wem sagst du das?! Ich weiß auch nicht, was der Hirni in der letzten Zeit hat! Das könntet ihr ja mal klären, ihr seid schließlich die Eltern. Aber wenn man euch mal braucht, seid ihr nicht da.«

»Huch«, sagt Mama. »Ich bin doch da.«

»Aber du knöpfst dir Lino nicht vor! Und Papa ist immer irgendwo, in der Firma oder beim Chor oder auf einem Klassentreffen …«

Ella weiß, dass das nicht stimmt. Aber es tut gut, herumzumeckern. Mama guckt auch schon ganz besorgt. Sie steht auf und nimmt Ella in die Arme. Ella fängt an zu weinen. In dem Moment hört sie die Haustür ins Schloss fallen.

Lino kommt in die Küche. Schnell schluckt Ella die Tränen hinunter.

»Du saublöde Kuh!«, schreit Lino.

Marion springt der Mund auf: »Aber Lino, wie redest du denn mit deiner Schwester?«

»Die saublöde Kuh hat Arturo Vidal zerrissen!«, schreit Lino.

»Weil du saublöder Ochse meine Schnürsenkel ruiniert hast!«, schreit Ella zurück.

»Schluss! Aus! Ich will nichts mehr hören!«, ruft Mama und kriegt einen rot gefleckten Hals. Höchste Zeit, die Klappe zu halten. »Wir reden nicht so«, sagt sie betont deutlich und schnauzt noch ein »Ist das klar?!« hinterher.

Lino zieht beleidigt ab in sein Zimmer und Ella will auch gehen, aber Mama hält sie am Arm fest. »Du bleibst bei uns und isst erst mal was.«

Ella steht auf und hilft, den Tisch zu decken. Es gibt Spinatlasagne, Mamas Spezialität. Die Lasagne schmeckt wieder mal köstlich. Marion findet das auch, aber Mama scheint keinen großen Appetit zu haben. Sie schaut in Richtung Linos Zimmertür.

»Ach, lass den doch«, sagt Ella. »Der verhungert schon nicht.«

Lino bleibt in seinem Zimmer, obwohl er sonst immer eine halbe Lasagne allein verdrückt. Soll er doch, selber schuld! Ella erzählt vom Training. Marion kennt sich aus mit Fußball, ihre Zwillinge waren jahrelang im Fußballverein.

»Wir werden schon bald unser erstes richtiges Spiel haben«, sagt Ella.

»Gegen wen denn?«, fragt Mama.

»Keine Ahnung. Mal sehen, wer sich traut.«

Da geht die Tür auf und Lino steht in der Küche.

»Spielt doch gegen uns«, ruft er. Seine Stimme zittert.

Mit der leckeren Lasagne im Magen und der gemütlichen Stimmung am Tisch hat Ella überhaupt keine Lust mehr zu streiten.

»Warum nicht!«

Wie soll unsere Mannschaft denn nun heißen?«, fragt Frau Wilms. Sie hat alle Vorschläge an die kleine Tafel neben dem Tor geschrieben. Die Kinder hocken in der Turnhalle, gleich geht das Training los.

»Real Bomberos« steht an der Tafel, »Rot-Weiß Drachenblut« und »1. FC KickerInnen«. Der letzte Vorschlag kam von Ranjas Mutter. Ranja sagt, ihre Mutter fände es schön, wenn man im Namen schon sehen kann, dass da auch Mädchen mitspielen. Ella findet 1. FC KickerInnen genauso bescheuert wie Rot-Weiß Drachenblut. Das kam vom kleinen Tom. Leider ist Ella überhaupt nichts eingefallen. Also kann sie auch nicht meckern. Frau Wilms schreibt die ganze Tafel voll. Ella wird unruhig. Sie meldet sich.

»Die Südtiger möchten gegen uns spielen«, platzt sie heraus. Alle schauen sie an. »Mein Bruder, der Kapitän, hat uns herausgefordert.«

»Im Ernst?«, sagt Herr Kübel.

»Ja«, sagt Ella. »Von ihm aus schon am nächsten Wochenende. Ein richtiges Spiel!«

Herr Kübel lächelt gequält. »Ella, Ella, da haben wir noch nicht mal einen Namen für unser Team und sollen schon gegen die Südtiger spielen? Also, ich finde, wir sollten uns lieber auf das Training konzentrieren. Bis alles ein bisschen besser zusammenläuft.«

»Obwohl«, sagt Frau Wilms und wiegt die Kreide in ihrer Hand, »mitzuerleben, wie es bei einem richtigen Spiel zugeht, wäre bestimmt eine wertvolle Erfahrung.«

»Also, ich bin bereit!«, sagt Malle.

»Ich auch«, sagt Bonita.

Tom, Carmen und Rufus Melk sehen auch so aus, als wären sie bereit für den Rasen. Die anderen schauen eher hilflos in der Gegend herum, besonders Jasmin.

»Lasst uns doch erst mal einen Namen für unser Team finden«, schlägt Herr Kübel vor, »dann sehen wir weiter.«

Jeder hat eine Stimme. Carmens Vorschlag gewinnt: MM Victoria! MM steht für »Mixed-Mannschaft«, und Victoria, weil *victory* Sieg heißt.

Ella ist begeistert. »Super!«, sagt sie. »Hört sich gut und stolz an und nicht so kindisch wie ›Südtiger‹ – wo doch unsere Schule schon Südschule heißt.«

»Du scheinst ja richtig in Kampflaune zu sein«, lächelt Frau Wilms. »Jetzt zieht euch um und dann zeigt mal, was ihr könnt. Dann sehen wir ja, ob man euch schon auf einen richtigen Fußballplatz lassen kann.«

Die Jungs schubsen sich gegenseitig mit den Fußballtaschen, Rufus brüllt: »Die machen wir fertig!«, und reckt die Faust in die Luft. Dann gehen sich alle umziehen.

Herr Kübel scheucht sie heute besonders lange um den Platz, das findet sogar Ella. Fünf Runden plus eine halbe im Spurt! Bonita bricht fast zusammen, als Ella mit letzter Kraft an ihr vorbeiläuft. Leni mit den langen Beinen kann zwar eigentlich schnell sprinten, aber in der dritten Runde hält sie sich die Seite und keucht: »Ich kann nicht mehr.«

Von den Jungs sind auch nicht alle so fit, wie sie sein sollten. Nicht nur Mustafa, genannt Döner, auch der blonde Noah hat mehr Hüftspeck als Wadenmuskeln und schleppt sich durch die Gegend. Der kleine Tom übersteht keine Runde ohne seine Trinkflasche, und Rufus Melk, der eine holländische Oma hat, eiert mehr, als dass er rennt, und ist käsebleich im Gesicht. Herr Kübel bläst in seine Trillerpfeife und winkt alle auf den Platz.

»Gar nicht erst kalt werden«, sagt er. »Jetzt üben wir Dribbeln und gezieltes Schießen.«

Ella lässt den Ball nicht vom Fuß und beobachtet Bonita. Die dribbelt auch nicht schlecht, spielt die Bälle gut um den Gegner herum, verlagert ihr Gewicht, täuscht und tut so, als wolle sie links vorbei, geht dann aber rechts vorbei. Rufus, ihr Partner, läuft mehrere Male ins Leere.

»Wunderbar!«, lobt Herr Kübel. »Das sind ja richtig coole Dribbel-Tricks.«

Wahnsinn! Woher kann Bonita so was?! Hat sie die Tricks etwa auch mit ihrem Vater in Italien am Strand geübt?

Jetzt soll Bonita ins Tor. Malles erster Schuss geht voll ins Netz, Ellas auch. Sie springt in die Luft und juchzt. Bonita-Gorilla sieht ein bisschen verloren aus. Den nächsten Schuss von Malle hält sie.

»Super!«, lobt Herr Kübel.

Ellas nächsten Schuss faustet Bonita weg wie nichts.

»Und jetzt wird's ernst!«, ruft Frau Wilms und klatscht in die Hände. »Wir spielen zwei mal zwanzig Minuten.«

Herr Kübel teilt die Mannschaften ein, Ella spielt mit Tom, Rufus, Noah, Carmen, Leni und José zusammen. José hat bis vor Kurzem noch bei den Südtigern gespielt und beherrscht die Körpertäuschung sehr gut. Leider ist auch Jasmin in ihrer Mannschaft, mit Lidschatten und Wimperntusche, und die kickt den Ball so zart, als wäre er ein Schmetterling.

Herr Kübel pfeift an. Ella legt sich mächtig ins Zeug, schießt schon in den ersten Minuten ein Tor. »Vic-to-ri-a!« jubelt sie, mit den Armen in der Luft. »Vic-to-ri-a!« Sie spielt gegen Malle. Der schießt keine drei Minuten später den Ausgleich.

Nach zehn Minuten wird Döner ausgewechselt. Er wischt sich den Schweiß mit dem T-Shirt ab und sagt: »Reservebank ist auch geil!«

Herr Kübel brüllt über den Platz: »Ihr müsst euch anbieten, immer anbieten, Leni! Mach schon! – Und Noah, bist du blind? Da steht ein Mann frei. Nun spiel ihn an! Jasmin und José, bisschen mehr Tempo! Meine Oma ist ja schneller am Ball als ihr!«

Nach zwanzig Minuten steht es zwei zu zwei. Herr Kübel und Frau Wilms klopfen allen auf die Schulter. Ella dampft. Ihr rinnt der Schweiß den Nacken hinab. Jasmins Wimperntusche ist verschmiert, sie wischt mit den Fingern unter ihre Augen.

»Habt gut gekämpft!«, sagt Frau Wilms. »War echt riesig!«

»Nur das Miteinander muss noch stärker werden«, sagt Herr Kübel. »Ihr müsst mehr gucken! Abgeben. Schließlich seid ihr eine Mannschaft!«

»Genau«, sagt Malle, der als Libero das Spiel von hinten gesteuert hat. »Wir sind MM Victoria! Wir werden die Südtiger besiegen!«

»Vic-to-ri-a!«, ruft er und reckt die Arme. Und alle rufen mit: »Vic-to-ri-a!« – Damit ist also klar: Sie werden die Herausforderung annehmen!

Auf dem Weg in die Umkleidekabine bleibt Ella bei Malle stehen. Sie will unbedingt mitkriegen, was er mit José und Pascal Schulze bespricht. Die drei kennen sich ja bestens mit der Spieltaktik der Tiger aus.

»Unsere Chancen zu gewinnen stehen nicht schlecht«, sagt Pascal. »Die haben nämlich ein tiefes Loch in ihrer Mannschaft. Du bist weg, Malle ist weg, ich auch und die Berger-Brüder aus dem Mittelfeld sind letzte Woche abgesprungen. Hatten keine Lust mehr auf Linos Generve. Die wollen auch lieber im Verein spielen, allerdings nicht bei uns.«

»Da muss Lino sich aber schnell was einfallen lassen, wo er bis zum Wochenende neue Leute herkriegt.«

»Mein Cousin hat erzählt, dass er sogar schon versucht hat, welche von den Skatern anzuheuern«, sagt José. »Aber die haben keine Zeit, Fußball zu spielen. Die gehen jeden Tag auf ihre Bretter und üben vorm Museum, in der Innenstadt. Treppen runter, Treppen rauf und über das Geländer – das müsst ihr euch mal angucken, da schlackern einem echt die Ohren!«

Im Umkleideraum kommt Bonita auf Ella zu. »Vielleicht wäre es besser, die Südtiger und Victoria würden sich zusammentun. Dann könnten wir gemeinsam um die Schulmeisterschaft spielen und hätten bestimmt mehr Chancen, den Pokal zu gewinnen.«

»Willst du jetzt kneifen oder was?« Ella schaut Bonita böse an.

»Kneifen nicht, aber was sollen wir Kräfte verschwenden, wenn es auch anders geht? Und irgendwie tut mir dein Bruder leid.«

Ella platzt gleich der Kragen! Erst schleimt Bonita sich bei Malle ein und jetzt hat sie auch noch Mitleid mit Lino!

»Du weißt ja gar nicht, was für ein Großkotz mein Bruder ist!«, herrscht sie Bonita an. »Frag doch Malle!«

Mist! Sie könnte sich auf die Zunge beißen. Da hängen Bonita und Malle einmal nicht zusammen und dann drängt sie sie auch noch zu ihm!

»Außerdem hat Herr Kübel meinen Bruder längst gefragt, ob er bei uns mitmachen will, samt seiner Mannschaft beziehungsweise dem, was noch davon übrig geblieben ist. Er hat Nein gesagt. Lino kriegt man nicht so schnell klein.«

»Das hört sich ja an, als wärst du doch ein bisschen stolz auf ihn«, sagt Bonita und grinst sie von der Seite her an.

»Quatsch!« Ella zieht sich die Schienbeinschoner aus den Strümpfen. Bonita grinst immer noch so dämlich.

»Ist doch schön, auf die Geschwister stolz zu sein«, sagt sie. »Ich bin jedenfalls total stolz auf meine große Schwester. Evelina hat letztens beim Halbmarathon mitgemacht. Stell dir vor, 20 Kilometer laufen! Und meine kleine Schwester Leonie ist so was von süß!«

Ella verdreht die Augen. Jetzt fängt die auch noch mit ihren Schwestern an! Sie stopft ihr Sportzeug in die Tasche. Die blöden Socken fallen immer wieder heraus. Herrgott noch mal!

»Mir tut Lino jedenfalls leid«, sagt Bonita. »Zuerst waren alle stolz, weil er eine eigene Mannschaft auf die Beine gestellt hat, und jetzt will keiner mehr was von ihm wissen.«

»Stimmt ja gar nicht!«, fährt Ella sie an. »Er ist unerträglich, immer am Rumkommandieren und alle müssen nach seiner Pfeife tanzen. Er bestimmt, wer mitspielen darf und wer nicht. Und ich durfte nicht mitmachen, nur weil ich ein Mädchen bin und er meint, Mädchen hätten auf dem Fußballplatz nichts zu suchen.«

Bonita grinst. »Wahrscheinlich hat er einfach keinen Bock auf seine kleine Schwester.«

Ella denkt, sie hört nicht richtig. Am liebsten würde sie Bonita einen Schienbeinschoner an den Kopf donnern.

»Mal ehrlich, wenn du an seiner Stelle wärst, würdest du dich doch auch schwarzärgern, oder?«

»Bist du etwa in Lino verknallt, oder was?« Ella hat langsam die Nase voll.

»Man muss ja nicht immer gleich verknallt sein, nur weil man versucht, sich in eine andere Lage zu versetzen. Aber süß ist er schon, dein Bruder.«

»Ach, und ich dachte, du findest Malle süß!« Das ist ihr jetzt so rausgerutscht.

»Wie kommst du denn darauf ...?«, fragt Bonita und macht extragroße Augen.

»Steht ja sogar an der Toilettentür. Oder hast du das Herz noch nicht gesehen?«

Bonita prustet los. »Doch. Ich hab's sogar dahin gemalt«, gibt sie auch noch zu.

Aha! Das hat Ella ja bereits vermutet.

»Malle ist doch ein süßer Kerl, oder?«

»Dann bist du also echt in ihn verknallt?« Ella fühlt ihren Herzschlag im Hals.

»Du etwa nicht?«

Ella muss schlucken.

»Mann ey, nun mach dir doch nicht gleich in die Hose, nur weil wir den gleichen Typen heiß finden.«

Ella denkt, sie hört nicht richtig, sagt nichts, hebt die blöden Socken auf und stopft sie in die Jackentasche.

»Komm, das ist jetzt unser Geheimnis.« Bonita stupst sie an.

Ella will mit Bonita keine Geheimnisse haben. »Ich bin aber nicht in Malle verknallt«, sagt sie, aber es klingt nicht überzeugend.

Bonita verdreht die Augen. Ella schnappt sich ihre Sporttasche und läuft los.

»Dann bist du es eben nicht!«, ruft Bonita hinter ihr her. »Dann eben nicht!«

9

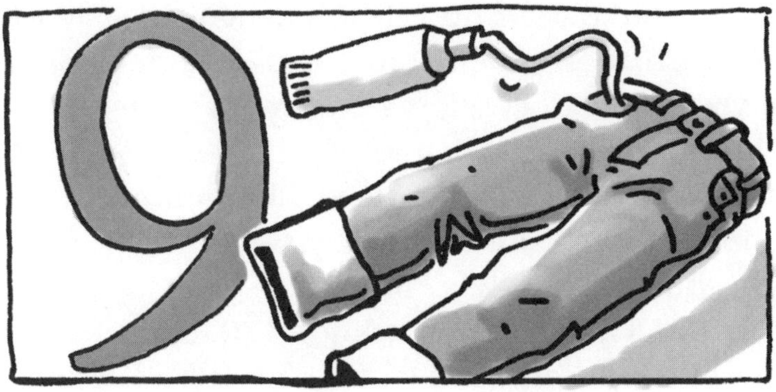

Zu Hause hängt Lino am Telefon, spricht plötzlich leiser, als er Ella sieht, und verschwindet in seinem Zimmer. Ella lauscht an der Tür, aber jetzt sagt der Esel nichts mehr. Sie will gerade ins Bad gehen, da hört sie ihn herumschnauzen: »Die Abwehr funktioniert so nicht, du Idiot! Georgie ist hinten zu fahrig. Der haut, wenn's brenzlig wird, daneben!«

Aha. Georgie, der Pinkler. Kann also nicht nur das Klo nicht treffen. Ella fährt die Ohren aus, hört leider nichts mehr, aber sie kann sich schon denken, mit wem er telefoniert, mit seinem Beulenkumpel, einem seiner letzten Gefolgsleute bei den Südtigern.

Ella geht ins Badezimmer und wäscht sich die Hände. Das hat Lino nun davon, dass er so stur ist. Mit Malle und ihr in der Mannschaft wäre er jetzt besser dran. Sie stellt sich vor, wie Lino zu ihr kommt, sie bittet, dass sie bei ihm mitspielen soll, um seine Mannschaft zu retten!

»Bitte, Ella! Bitte!«, hört sie ihn flehen, aber sie würde keine Miene verziehen. »Bitte, Ella«, würde er es noch mal versuchen, aber selbst wenn er auf allen vieren vor ihr kröche, sie würde den Kopf schütteln und Nein sagen. Soll er doch sehen, wie er klarkommt. Und sich von ihr aus von Bonita trösten lassen.

»Schmatz! Schmatz!«, macht sie zum Spiegel und schürzt die Lippen. Dann entdeckt sie Linos Lieblingsjeans, schön zusammengefaltet, frisch gewaschen. Die will er bestimmt gleich anziehen. Ella nimmt die Zahnpastatube und drückt ihm einen fetten blauen Wurm in die Hosentasche. »Für frischen Atem!« Dann schreit sie dreimal »Vic-to-ri-a!« in die Badezimmerluft und reckt die Faust vor dem Spiegel.

Die nächsten Tage ziehen sich. Nerverei mit Herrn Hempstädt und in Englisch versteht sie auch immer weniger. Aber das Spiel gegen die Südtiger steht jetzt fest. Samstag um 15 Uhr ist es so weit. Darauf muss sie sich voll und ganz konzentrieren.

Beim letzten Training, am Freitag, stellt sich heraus, dass der kleine Tom besser links außen als rechts außen ist und dass Leni ins zentrale Mittelfeld kommt. Pascal und Ella sollen im Sturm spielen und Bonita im Tor. Malle ist Libero.

Ella hätte ja lieber mit Malle im Sturm gespielt. Aber wenn es der Sache dient, dann muss es eben sein.

Jasmin, Döner und Tarek sitzen erst mal auf der Reservebank. Bonita soll ihre Freundschaftsbänder auf dem Platz abnehmen. Nanu, wo hat sie denn die neuen her?

Endlich der Anpfiff. Es wird ein ziemliches Gewurschtel. Ella tritt zweimal hintereinander am Ball vorbei, das ist ihr sonst noch nie passiert! Aber auch Malle und Pascal machen Fehler. Herr Kübel schreit sich die Lunge aus dem Hals und wechselt Jasmin gegen Tom aus! Hat der sie noch alle? Und was tuschelt Malle da hinten immer mit Bonita herum?

Mit Wut im Bauch lässt es sich auch nicht präziser schießen. Ella hat schon wieder nur den Ball gestreift, obwohl sie ihn direkt zu José passen wollte. Jetzt haut Malle auch Löcher in die Luft. Kein Wunder! Die Einzige, die supercool und immer im richtigen Moment zur Stelle ist, ist Bonita. Da kann man nichts sagen. Sie springt im Tor von einer Ecke zur anderen und hält jeden Ball. Dabei sieht sie auch gar nicht mehr wie ein Gorilla aus.

Nach dem Spiel hocken alle wie begossene Pudel auf dem Platz.

Ella brennt der Hals. Sie ist zwar dank Lino hartes Training gewöhnt, aber jetzt ist selbst sie fix und fertig. Das Spiel heute war einfach nur furchtbar. Wenn sie sich morgen solche Patzer erlauben, dann gute Nacht. Sie lässt sich rücklings auf den Rasen fallen. Hoffentlich kommt jetzt keiner von den Südtigern vorbei. Das wäre oberpeinlich!

Frau Wilms versucht, die Spieler aufzubauen, aber Ella kann gar nicht mehr zuhören und will auch nicht aufgebaut werden. Sie weiß selbst, was sie falsch gemacht hat.

Plötzlich meldet Jasmin sich. Sie ist knallrot im Gesicht. Eine Tomate ist nichts dagegen. Sie sagt: »Ich hör auf! Ich kann das nicht. Und ich will morgen auch nicht mitspielen. Nicht mal auf der Reservebank sitzen. Mir tut immer noch der Zeh vom ersten Training weh. Fußball ist nichts für mich. Das weiß ich jetzt!«

Ella hat es ja geahnt. Alle gucken sich an, keiner weiß, was er sagen soll. Jasmin sieht so aus, als würde sie gleich losheulen. Bloß das nicht!

Frau Wilms sagt, Jasmin soll sich das doch noch mal in Ruhe überlegen. Aber Jasmin schüttelt den Kopf. Ella hat sie noch nie so energisch gesehen.

»Na dann«, sagt Frau Wilms, »respektieren wir das natürlich.« Sie schaut zum Kollegen Kübel. Der steht breitbeinig und mit verschränkten Armen vor ihnen und nickt. Frau Wilms lächelt zaghaft in die Runde. »Also, ich find's *riesig* von Jasmin, dass sie es wenigstens versucht hat. Nur so macht man wichtige Erfahrungen im Leben.«

Carmen meldet sich. »Jasmin, du kannst doch unser Maskottchen sein. Dann bleibst du trotzdem bei uns. Jede große Mannschaft hat ein Maskottchen.«

»Ja!«, ruft Bonita. »Du bringst uns Glück!«

»Glück können wir auf jeden Fall gebrauchen«, sagt Frau Wilms. Herr Kübel nickt kräftig. Dann fängt Malle an, im Sprechchor »Vic-to-ri-a!« zu rufen, und alle machen mit.

Herr Kübel ruft dazwischen: »Mit so einem starken Namen, so starken Spielern und Spielerinnen und so einem starken Maskottchen werden wir morgen gegen die Südtiger gewinnen! Und dann holen wir uns den Schulpokal! Vic-to-ri-a!«

Plötzlich kommt Leben in das Team. Ella fühlt sich gar nicht mehr so schlapp. Alle grölen und fallen sich gegenseitig in die Arme. Leider hat Ella nicht Malle erwischt. Der umarmt den kleinen Tom.

Wer hätte das gedacht ...«, sagt Frau Wilms, »... dass wir nach so kurzer Zeit schon so *riesig* spielen. Ich muss sagen, ihr habt euch alle *riesig* angestrengt und ich finde es *riesig* toll, dass wir gleich den Anpfiff zu einem hoffentlich wundervollen und vor allem fairen Spiel erleben werden.«

Endlich ist es so weit. Victorias erstes Spiel steht kurz vor dem Anpfiff. Und das gegen die Südtiger!

Ella trippelt auf der Stelle herum, Malle hüpft hin und her, alle anderen sind genauso nervös, nur Bonita steht da, mit verschränkten Armen und schwarzen Torwarthandschuhen, und tut so, als sei sie die Ruhe selbst. Sie kaut neuerdings Kaugummi, wie alle großen Torhüter, insbesondere der Italiener Gigi Buffon, der größte aller Torhüter überhaupt. Hinter ihrem Tor liegt ein Kuscheltier-Känguru von ihrer kleinen Schwester. Jasmin, das Maskottchen, ist auch da.

Auf der anderen Seite des Platzes springt Lino mit seiner Mannschaft herum. Er redet auf jeden ein. Es sind ein paar neue Spieler dabei. Ella hat keine Ahnung, wo er die herhat. Die Spieler nicken zu allem, was er sagt, federn in den Knien und spucken auf den Rasen. Wegen der Zahnpasta in der Jeans hat er noch nichts gesagt. Aber seine Blicke sprechen Bände.

Der 1. FC Südtiger hat grüne T-Shirts mit weißen Nummern und MM Victoria rote T-Shirts mit schwarzen Nummern. Herr Kübel gibt ein Zeichen. Bonita spuckt ihr Kaugummi aus und klemmt sich den Ball unter den Arm. Sie geht zur Mittellinie. Zuerst müssen sich die Mannschaftskapitäne die Hand geben – Lino und Malle. Lino schaut Malle dabei nicht ins Gesicht. Herr Kübel kramt eine Münze hervor. »Kopf oder Zahl?«

»Kopf«, sagt Lino. Herr Kübel wirft die Münze, fängt sie auf, klatscht sie auf seinen Arm – Zahl.

»Ball oder Seite?«, fragt Herr Kübel.

Malle macht einen Finger nass und hält ihn in die Luft. »Kein Wind«, sagt er. »Dann ist die Seite sowieso egal. Also Ball.«

»Okay. Anstoß Victoria.« Herr Kübel gibt Malle den Ball. Lino spuckt auf den Boden.

Frau Hechel, die Biologielehrerin der Südschule, ist Schiedsrichterin. Sie trägt eine enge schwarze Hose und ein gelb-schwarz gestreiftes T-Shirt und hat eine schwarze Trillerpfeife um den Hals. Sie sieht aus wie eine Biene. Laut und deutlich pfeift sie das Spiel an.

Malle gibt den Ball sofort nach rechts außen ab, zu Leni. Leni stoppt den Ball, rennt ein Stück mit ihm vor, sieht den Gegenspieler zu spät, schon ist der Ball bei der anderen Mannschaft und wird mit Schwung in Richtung Bonitas Tor befördert.

Aber Malle geht dazwischen. Der Ball fliegt ins Aus. Einwurf 1. FC Südtiger.

Lino steht bereit, kriegt den Ball auf die Füße, Leni stürmt auf ihn zu, aber Lino jongliert mit dem Ball, als würde er ihm am Fuß kleben. Leni stochert mit ihren langen Beinen nur Löcher in die Luft. Selbst Malle wird ausgetrickst. Das lässt er aber nicht auf sich sitzen, rennt hinter Lino her und schafft es, ihn vom Ball zu trennen. Ella ist sofort zur Stelle, übernimmt und spurtet nach vorn. Wie ein Tornado saust Lino hinter ihr her und rempelt sie mit der Schulter weg. Ella stolpert, fliegt hin – eine volle Bauchlandung! Frau Hechel pfeift; Lino wird verwarnt.

»Das war nicht sehr sportlich, Freundchen!«

»Buh! Buh!«, ruft Jasmin, das Maskottchen. Sie steht ganz dicht am Spielfeldrand im Jeansrock und rosa Glitzertop. Mit Wimperntusche, versteht sich.

Ella wischt sich das Gras aus dem Gesicht. Sie tritt den Freistoß selbst, schießt zu Carmen, Carmen passt zu Malle, Malle zu Jule, Jule zu Ella – man merkt, wie nervös die Gegenspieler werden, zu Recht, denn da sprintet Ella nach vorn, hängt drei Tiger ab, und als sie Lino schon im Nacken spürt, legt sie ihre ganze Kraft in die Beine und schießt, schießt aufs Tor, obwohl das noch ziemlich weit weg ist. Nur haarscharf geht der Ball vorbei. Verdammter Mist!

Der Tigertorwart schießt zu Linos Beulenkumpel. Der dribbelt zu Lino, Lino trickst Carmen aus, auch Tarek, José und den kleinen Tom, rennt an Malle vorbei und rast frontal auf Bonita zu, schießt mit voller Wucht, aber Bonita weicht nicht einen Millimeter; sie fängt den Ball und geht mit ihm zu Boden.

Alle klatschen.

Da gibt es nichts zu meckern. Bonita hat den Ball super gehalten! Weiterhin 0:0. Aber jetzt geht das Gestochere los. Die Spieler beißen sich fest. Es wird sehr früh gestört, so kommt kein richtiges Spiel zustande, auch keine Tore.

Herr Kübel brüllt: »Was fummelt ihr da rum? Steht doch nicht alle auf einem Haufen!«

Lino schreit seinen Spielern dasselbe zu. Er versucht, sich immer wieder freizuspielen, doch Ella ist ruck, zuck bei ihm und schlägt ihm den Ball weg. Da tritt er ihr gegen den Knöchel, obwohl der Ball längst weg ist. Ella sackt zusammen und hält mit beiden Händen den Fuß, aber Frau Hechel hat nicht gesehen, dass das ein klares Foul war.

»Buh! Buh!«, ruft Jasmin, aber da ist Lino mit dem Ball schon längst auf und davon.

Nach einem Doppelpass mit Georgie, dem Pinkler, hat er den Ball wieder auf dem Fuß und stürmt nach vorn, flankt zur Nummer 8, seinem Rechtsaußen, die Nummer 8 legt vor, zum Beulenkumpel, und der verwandelt die Vorlage in ein sauberes 1:0. Keine Chance für Bonita. Der Ball ging weit über ihr, knapp unter der Latte ins Netz.

Ella spuckt wütend auf den Rasen und geht mit den Händen in den Hüften zur Mittellinie.

»Neues Spiel, neues Glück – es ändert sich im Augenblick«, würde Mama jetzt sagen, wenn sie hier wäre. Beinahe spürt Ella Mamas Hände auf ihrer Schulter und ihr Lachen am Ohr. Aber Mama ist nicht da. Sie ist mit Papa shoppen gegangen. Für Fußball interessieren sich beide nicht. Dafür guckt die halbe Schule zu, klatscht am Spielfeldrand. Es steht 1:0 für die Südtiger. Diese Aasgeier!

Frau Hechel legt den Ball auf den Anstoßpunkt im Mittelkreis. Die Spieler stellen sich auf. Lino grinst Ella verächtlich an. Das tut genauso weh wie der Tritt gegen den Knöchel. Na warte!

Anstoß für MM Victoria. Es geht zackig los, aber trotz aller Anstrengungen bleibt es in der ersten Halbzeit beim 1:0.

In der Pause bringt Frau Wilms allen Spielern Wasser zum Trinken. Die Hälfte der Mannschaft liegt erschöpft auf dem Rasen.

»Puh!«, seufzt Herr Kübel. »Die Südtiger haben doch mehr drauf, als ich gedacht habe. Aber ihr habt euch tapfer geschlagen.« Er strubbelt dem kleinen Tom über den Kopf und lobt Carmen, weil sie eine Ecke geklärt hat. »Aber beim Spiel nach vorn muss noch mehr Bewegung rein. Bietet euch an, auch wenn ihr den Ball nicht immer kriegt. Hetzt die Verteidiger hin und her! Die müssen sich müde laufen!«

Das kalte Wasser tut gut. Es gluckert von selbst durch die Kehle; Ella muss nicht mal schlucken. So zu trinken hat sie von Lino und seinen Kumpels gelernt, als sie noch zusammen herumgebolzt haben und es die Südtiger noch nicht gab. Herr Kübel sagt, sie hätten noch fünf Minuten Zeit, sie sollten die Waden ausschütteln und massieren, damit es keine Krämpfe gibt. Bonita lächelt ihr zu und Ella lächelt zurück, obwohl sie das gar nicht will. Sie will gewinnen – und sonst gar nichts!

»Vergesst nicht, euch anzubieten!«, ermahnt Herr Kübel. »Nie rumstehen. Und passt besser auf die 10 auf, die steht zu oft frei!«

Die 10 ist Lino. Ella kaut auf ihrer Unterlippe, blickt zu Malle hinüber. Die Stimme vom Trainer rauscht an ihr vorbei wie ein ICE.

Die zweite Halbzeit beginnt. Die Mannschaften stellen sich auf. Lino und Ella stehen sich im Mittelkreis gegenüber. Lino hat Anstoß. »Jetzt machen wir euch fertig«, raunt er ihr zu und passt den Ball zum Pinkler.

Dann fliegt der Ball hoch. Kopfbälle haben sie bei Victoria noch nicht oft geübt, deshalb ziehen die meisten die Köpfe ein. Nur Malle springt hoch und befördert den Ball wieder auf den Rasen. Leider wird er ihm gleich wieder abgeluchst.

In den ersten Minuten der zweiten Halbzeit sind die Südtiger eindeutig besser. Das muss sogar Ella zugeben.

Sie versucht alles, um das Zusammenspiel der Tiger zu stören. Zu ihrem Glück hat die Mannschaft ihres Bruders Pech. Einmal prallt der Ball an den Pfosten; ein anderes Mal geht er knapp am Tor vorbei. Malle schnauzt die Abwehrspieler an, aber das nützt auch nichts, denn nun rennen sie wie aufgescheuchte Hühner übers Feld und haben keine Puste mehr, wenn der Ball kommt.

In diesem Chaos bekommt Malle eine Flanke von Ranja. Der Ball hebt ab, es sieht aus, als könnte Malle ihn nie kriegen, aber er hechtet ihm entgegen und wuchtet den Ball mit der Stirn ins Netz. Tor für Victoria! Es steht 1:1.

»Jaaaa!«, schreit Ella, rennt auf Malle zu und springt ihm um den Hals. Bonita ist auch schon da und küsst ihn mitten ins Gesicht. Gleich zweimal! Peinlich!

Anstoß für die Tiger. Es sind keine fünfzehn Minuten mehr zu spielen. Lino ist das Grinsen vergangen. Er passt zur Nummer 8, Nummer 8 geht nach vorn, aber Carmen spitzelt ihm den Ball vom Fuß. Lino holt ihn sich wieder, rempelt Carmen weg. Das hätte Frau Hechel pfeifen müssen. Braucht die Biene eine Brille? Das war schon wieder ein klares Foul! Carmen reibt sich die Schulter. Jule hat einen knallroten Kopf. Die Südtiger sind wie ein Wirbelwind und Victoria muss ihre ganze Kraft und ihr Können aufwenden, um Linos Mannschaft in Schach zu halten. Beinahe hätte Lino schon wieder ein Tor geschossen, aber er hat den Ball nicht richtig auf den Fuß gekriegt. So trudelt er langsam auf

Bonita zu, die den Ball mit voller Wucht bis in die gegnerische Hälfte zurückbefördert. Und dann geht Carmen ran und spielt zu Ella, Ella stürmt vor und gibt ab an Malle, Malle wird von dem Pinkler bedrängt und passt den Ball zu Jule; Jule sprintet durch eine Lücke, kämpft sich vor bis in den gegnerischen Strafraum.

»Jawoll!«, schreien die Zuschauer und: »Hau den Ball rein, Mädchen!«

Jule will gerade an Ella abgeben, da rast Lino auf sie zu und Jule fällt um, als hätte man ihr den Boden unter den Füßen weggezogen. Frau Hechel pfeift energisch ab. Jule wälzt sich auf dem Boden und hält sich den Fuß, kann nicht mehr richtig auftreten. Herr Klebinger, der Religionslehrer, kommt mit einem Erste-Hilfe-Köfferchen auf den Platz und schaut sich Jules Fuß an. Jule schreit bei der kleinsten Berührung. Frau Hechel gibt Herrn Kübel ein Zeichen; Jule wird ausgewechselt. Der dicke Mustafa von der Reservebank macht sich warm. Humpelnd und vom Religionslehrer gestützt, verlässt Jule den Platz.

Frau Hechel zeigt auf den Elfmeterpunkt. Lino rastet aus. »Ich hab ihr nur aus Versehen auf den Fuß getreten. Das war kein Foul!«, schreit er. Ihm sprüht die Spucke aus dem Mund. »Hier hat doch eh keiner Ahnung von Fußball!«

Frau Hechel droht ihm mit der Gelben Karte.

»Die Rote wäre besser«, brummt Ella.

Es bleibt beim Elfmeter.

»Du schießt«, sagt Malle und schaut ihr tief in die

Augen. Dieser Blick ist mehr wert als jeder Kuss. Ella ist wie hypnotisiert. Aber dann sieht sie ihren Bruder und die Wut in seinen Augen.

Ella zögert, nickt. Sie wird den Elfmeter schießen.

Sie nimmt den Ball, stolziert an Lino vorbei.

»Pass auf, dass du nicht hinfällst«, raunt er ihr zu. »So wie deine Knie zittern.«

Jetzt, wo er's sagt, merkt Ella wirklich, wie weich ihre Beine auf einmal sind. Sie legt den Ball auf den Elfmeterpunkt, rückt ihn sich zurecht.

Sie holt tief Luft. Bloß nicht Lino angucken! Nur den Ball und das Tor.

Sie geht fünf Schritte zurück. Dann nimmt sie Anlauf und schießt, trifft den Ball mit dem rechten Innenrist. Wunderbar angeschnitten! Der Torwart hechtet in die falsche Ecke!

»Toooooor!«, rufen die Zuschauer. »Toooor!« Malle umarmt Ella. Ihre Knie knicken ein. Bonita wirft sich auf sie und geht mit ihr zu Boden. 2:1 für Victoria!

Die ganze nächste Woche erzählt Lino überall herum, dass der Elfmeter gar kein Elfmeter war und das Spiel eine große Kungelei gewesen sei, schon allein weil die Hechel gepfiffen hat. Als Biolehrerin! »Die kennt sich vielleicht mit Eichhörnchen aus, aber nicht mit Fußball, sonst hätte sie nie so einen Elfmeter gegeben.«

»Nun hör doch mal auf damit«, sagt Papa abends in der Küche. »Das war doch nur ein Freundschaftsspiel!«

»Lino hat nur Freundschaftsspiele«, sagt Ella und versteckt sich hinter Mama. Die will gerade den Auflauf zurück in den Backofen schieben, weil die Kruste noch nicht braun ist.

»Na also«, sagt Papa. »Was regst du dich dann so auf …?«

Linos Augen funkeln. Man sieht ihm an, dass er seine Schwester am liebsten gleich mit in den Backofen schieben würde.

»Totaler Beschiss war das!«, schreit er so laut, dass Papa zusammenzuckt. »Das Spiel hat doch nur stattgefunden, weil die mir meine Mannschaft kaputt machen wollen!« Er zeigt auf Ella. »Und die blöde Hechel war bestochen! Hat den Elfmeter gepfiffen, weil sie Geld dafür kriegt!«

»Klar«, sagt Papa und grinst. »Sie gehört bestimmt einer russischen Fußballmafia an.«

»Nun red ihm doch nicht so was ein, Martin!«, sagt Mama und verbrennt sich die Finger am Backofen.

»Du kannst froh sein, dass es nur der Elfmeter war«, sagt Ella. »Wenn Frau Hechel alle deine Fouls gesehen hätte, wärst du rucki, zucki vom Platz geflogen.« Sie reibt ihren Fuß. »Mein Knöchel ist immer noch angedätscht!«

»Nicht nur dein Knöchel! Guck dir doch mal deinen Eierkopf an!«

»Nun ist's aber gut hier, ihr zwei!« Papa haut mit der flachen Hand auf den Tisch, sodass die kleinen Löffel Samba tanzen. »Ich kann eure ewige Streiterei nicht mehr ertragen! Und du, Lino, fühl dich nicht so auf den Schlips getreten. Du hast Ellas Mannschaft doch selbst herausgefordert, wenn ich das richtig verstanden habe.«

Mama lässt kaltes Wasser über die verbrannte Stelle laufen und nickt.

Papa legt einen Arm um Lino. »Man muss auch verlieren können, mein Sohn. Nun komm mal langsam wieder auf den Teppich!«

Lino schubst den Papaarm von seiner Schulter und

rennt in sein Zimmer. Keine zwei Minuten später kommt er wieder raus, stapft durch die Küche, durch den Flur und – wummmms! – das war die Haustür.

»Der hat echt 'nen Lattenschuss!«, murmelt Ella.

Sie sitzen ohne Lino am Abendbrottisch. Mama hat eine Brandblase am linken Zeigefinger und Papa sagt, er hätte gar keinen Appetit mehr.

»So geht es nicht weiter«, sagt er. »Ella, du darfst Lino nicht immer so reizen. Ihr seid doch Geschwister!«

Mama nickt und pustet auf ihre Brandblase. Ella schaut auf das unberührte Besteck und den leeren Teller von Lino. Wo er wohl hingegangen ist? Vielleicht trommelt er seine Mannschaft zu einer Krisensitzung zusammen. Nach dieser Niederlage sind sogar sein Beulenkumpel und die Nummer 8 kurz davor, zu Victoria zu wechseln. Das weiß Ella von Bonita. Und die weiß es von Malle. Ella fragt sich die ganze Zeit, warum sie das eigentlich nicht selbst von Malle erfahren hat. Wieso erzählt er so was nur Bonita? Immerhin hatten sie nach dem Spiel schon zweimal Training und er hätte Gelegenheiten genug gehabt, mit ihr zu reden.

»Gibst du mir bitte mal die Tasse rüber?«, sagt Papa, aber Ella ist so in Gedanken, dass sie es gar nicht mitkriegt. »Ella! Träum nicht und hilf mit, das Geschirr abzuräumen. Es ist schon Viertel vor acht.«

Das könnte er auch netter sagen. Nur weil er auf Lino sauer ist, muss er es ja nicht an ihr auslassen!

Als sie gerade den Tisch abputzt, kommt Lino wieder. Das war aber eine kurze Krisensitzung!

»Zu essen gibt's nichts mehr«, sagt Ella. Sie will sofort in ihr Zimmer gehen, aber Papa hält sie zurück.

»Jetzt setzt ihr euch mal beide an den Küchentisch und dann reden wir in Ruhe.«

»Hab keine Zeit«, murmelt Lino. »Muss noch Hausaufgaben machen.«

»Die kannst du später noch machen«, sagt Mama. Es ist zehn vor acht, um acht gucken sie immer Nachrichten. In Ruhe bedeutet also, dass sie zehn Minuten Zeit haben.

»Wir wollen«, sagt Mama und streicht sich die Haare hinter die Ohren, »hier wieder eine bessere Grundstimmung haben. Bei uns herrschen nämlich andere Regeln als auf dem Fußballplatz.«

»Genau«, sagt Papa mit sanftester Chorstimme. »Und deshalb müsst ihr euch bemühen, netter miteinander umzugehen. Das Wichtigste ist doch ...«

Da klingelt das Telefon und der Anrufbeantworter ist nicht eingeschaltet.

»Lass es klingeln«, sagt Papa, aber Mama sagt: »Wenn das die Schubert aus dem Büro ist, muss ich rangehen.«

Es ist aber nicht die Schubert aus dem Büro. Es ist Herr Schnickel aus Papas Chor. Der will mit Papa üben. Papa geht ans Telefon. Ella schaut auf die Uhr. Fünf vor acht. Fünf Minuten braucht Papa sicher zum Telefonieren und dann fangen die Nachrichten an.

Lino steht auf und macht sich drei Wurstbrote, gießt sich Milch ein, isst zwei Scheiben im Stehen.

»Schling nicht so«, sagt Mama.

»Ich schling gar nicht«, sagt Lino mit vollem Mund.

»Also«, sagt Mama. »Wie soll es nun weitergehen? Was schlagt ihr vor?«

Ella und Lino zucken die Schultern.

»Keine Idee?«

Ella und Lino schütteln die Köpfe.

»Wie wär's denn, wenn ihr euch einfach wieder vertragt und eure Zweikämpfe auf dem Fußballplatz austragt?«

»Zweikämpfe?«, fragt Lino. »Mit der doch nicht! Glaubst du, ich verschwende meine Kraft?«

»Welche Kraft?«, zischt Ella.

Mama seufzt. Papa ist fertig mit Telefonieren. Kaum ist er in der Küche, klingelt das Telefon schon wieder. Mama meckert, weil er den Anrufbeantworter nicht eingeschaltet hat. »Wenn das die Schubert ist ...«, sagt sie und steht auf. Es ist die Schubert. Papa geht auf die Toilette. Es ist acht Uhr.

Lino kippelt mit dem Stuhl am Tisch, trinkt dabei Milch, guckt Ella an, mit eiskalten Augen. Ella sitzt ihm gegenüber, an der langen Kante, und schaut ihm beim Kippeln zu.

»Na los, noch ein Stück«, sagt sie.

Lino grinst und kippelt noch ein Stück. Trinkt dabei, ohne sich zu verschlucken.

Sie schiebt ihren Fuß unter dem Tisch näher an Linos Stuhl heran.

»Wehe!«, sagt Lino.

»Hast du etwa Angst?«, fragt Ella.

»Wehe!«, sagt Lino.

»Bist du ein Papagei?«

Sie tickt mit dem Fuß an Linos Stuhl.

»Ich kämpfe nicht mit kleinen Nullcheckern«, sagt Lino. Dann schwappt ein Schwall Milch aus seinem Glas und Lino fliegt mitsamt dem Stuhl hintenrüber. Den Aufprall auf die Fliesen kann die Klospülung nicht übertönen. Linos Schrei auch nicht.

Lino hätte tot sein können. Sagt Mama. Die Milch ist ihm ins Gesicht geschwappt, das Brot im Hals stecken geblieben, der Kopf auf die Küchenfliesen geknallt. Ella ist ganz anders geworden, als sie ihn auf dem Rücken liegen sah. Er hat sich nicht gerührt. Ihr Herz raste und die Hände zitterten; sie ist aufgesprungen und hat Linos Wangen gestreichelt. Überall Milch auf den Fliesen, zum Glück kein Blut!

Lino muss drei Tage zu Hause bleiben, wegen einer leichten Gehirnerschütterung, aber schon am ersten Tag hält er es im Bett nicht mehr aus und flegelt sich im Wohnzimmer aufs Sofa, mit einer Tüte Kartoffelchips. Ella gibt er nicht einen ab, spricht kein Wort mit ihr.

Natürlich hat sie sich entschuldigt, obwohl er auch von allein hätte umkippen können. Sie hat eine Woche Hausarrest, was zweimal kein Training bedeutet. Alles wegen Lino! Je länger sie darüber nachdenkt, desto ungerechter kommt es ihr vor.

Mama kontrolliert Ella per Telefon, ob sie nach der Schule auch wirklich sofort nach Hause geht.

»Ihr solltet euch was schämen!«, sagt Mama jedes Mal, bevor sie auflegt, und seufzt hinterher: »Dass es so weit kommen musste!«

Ella könnte das Telefon jedes Mal vor Wut an die Wand werfen. Schließlich ist sie ja nicht allein dafür verantwortlich, dass es mit ihr und Lino so weit kommen musste! Und wieso wird sie jetzt so hart bestraft? Und Lino gar nicht? Nur weil er auf den Kopf gefallen ist und sie nicht?

Es macht sie rasend, dass sie nicht trainieren kann. Sie versucht, sich mit Gymnastik fit zu halten und mit Kissenschießen. Die kleinen dicken Sofakissen, die zur Zierde rumliegen, eignen sich ganz gut dafür. Die Wohnzimmertür ist das Tor. Und Malles Passbild hat sie an den Fernseher gelehnt. Er guckt ihr zu, bewundert sie, wie raffiniert sie diese Zierkissen durch die Wohnzimmertür pfeffert.

Dienstag ruft Bonita an und erzählt ihr, wie das Training war. Ella freut sich über den Anruf, aber das muss sie sich ja nicht gleich anmerken lassen. Sie haben Mauerschießen geübt. Na ja, da hat sie nicht viel verpasst. Wie oft haben sich Lino und die Jungs früher Schulter an Schulter zu einer Mauer aufgestellt und sie sollte versuchen, den Ball um das Hindernis herum oder drüber hinweg zu schießen. Die ersten Male hat sie volle Pulle in die Jungs reingeschossen. Lino aus Versehen auch mal mitten ins Gesicht getroffen. Aber dann hat sie gemerkt, dass man mit Tricksen besser klarkommt und den Ball besser antäuscht, genau wie beim Elfmeter.

»War voll lustig«, sagt Bonita. »Die Jungs in der Mauer haben alle ihren – na, du weißt schon was – mit den Händen geschützt. Und Frau Wilms hat uns dann erklärt, warum.«

»Das weiß man doch«, sagt Ella.

»Einige wussten es aber nicht.«

»Ach ja? Und wie hat sie es erklärt?«

»Sie hat gesagt, dass die Hoden geschützt werden müssen.« Bontia kichert.

»Klar. Was sonst?«

»Wie sich das anhört! Und die Mädchen sollten ihre Arme über der Brust kreuzen und die Hände über den Bauch legen. Wegen der Eierstöcke.«

»Was denn für Eierstöcke?«, fragt Ella.

»Na eben die, die man später mal fürs Kinderkriegen braucht.«

»Ach, die.« Sie streckt sich zum Fernseher und legt Malles Foto mit dem Gesicht nach unten. Muss ja nicht alles mitkriegen.

»Und weißt du, was noch lustig war? Malle sollte den Ball schießen. Leni, Tom, Ranja, Rufus, José und ich standen in der Mauer. Als der Ball dann mit voller Wucht auf uns zukam, haben wir die Köpfe eingezogen und uns geduckt. Da ist dem Kübel die Trillerpfeife aus dem Mund gefallen. Er konnte es nicht glauben, dass sich eine ganze Mauer einfach unter dem Ball wegduckt!«

»Krass«, sagt Ella.

»Wir mussten dann die ganze Zeit Mauer üben. Später ging es einigermaßen. Aber ich habe echt Angst, dass ich den Ball mal ins Gesicht kriege.«

»Du musst versuchen, den Ball mit der Stirn zu treffen, und ihn wegköpfen.«

»Kopfball üben wir am Freitag. Kommst du dann wieder?«

»Nee, glaub ich nicht. Leider.« Ella seufzt.

»Übrigens …«, hört sie Bonita sagen, »Malle hat nach dir gefragt. Er wollte wissen, was mit dir los ist. Aber ich hab ihm nur gesagt, dass du aus *familientechnischen* Gründen nicht kommen kannst.«

»Aus familientechnischen Gründen … wie sich das anhört!« Ella prustet los. Echt witzig! Aber wieso spricht Bonita genau das aus, was Ella auch schon gedacht hat, nämlich dass Malle einem mit seinem ewigen »fußballtechnisch« ganz schön auf den Geist gehen kann?

»Und sonst?«, fragt Bonita. »Kommst du mit Mathe klar?«

»Ne«, sagt Ella. »Überhaupt nicht.«

»Ich könnte dir helfen. Mathe ist für mich kein Problem.«

Das ist bekannt. Das muss sie ihr ja nicht noch extra unter die Nase reiben.

»Ich würd auch bei dir vorbeikommen«, sagt Bonita.

»Danke«, sagt Ella. »Aber ich hab gar keine Zeit.«

»Aha. Was machst du denn den ganzen Tag?«

»Och – ich halt mich fit und sortiere meine Fußballbilder.«

»Hast du ein richtiges Album?«

»Klar«, sagt Ella, obwohl sie nur eine Pappmappe hat, in die sie alle möglichen Bilder von Fußballern reintut.

»Und wen findest du toll?«

»Müller, Messi, Kimmich, Griezmann, Lewandowski …«, rattert sie runter. »Iniesta, Mats Hummels, Boateng … « Den Schönling Ronaldo verschweigt sie.

»Und Neymar?«

»Nö«, sagt Ella schnell. »Der ist mir zu doll tätowiert.«

»Hä?«, macht Bonita. »Das hat doch nichts mit seinem Können zu tun. Tätowiert sind sie doch fast alle.«

»Trotzdem«, sagt Ella, obwohl sie natürlich weiß, dass Neymar ein absolutes Energiebündel ist und ihm seine Dribblings so schnell keiner nachmacht.

»Und wie sieht's mit CR7 aus?«

Als könnte Bonita sie damit aufs Glatteis führen. »Cristiano Ronaldo«, sagt sie so gelangweilt wie möglich.

»Ronaldo ist DER Spieler. Er trickst *jeden* aus, nicht nur mit seinen Übersteigern. Der kann Zickzack übern Ball laufen! Sag bloß, das hast du noch nicht gesehen?«

»Klar habe ich das gesehen«, sagt Ella. Dass sie das selber übt, verrät sie natürlich nicht.

»Außerdem hat er eine unglaubliche Schusshärte und er kann mit beiden Füßen schießen.«

»Für die 32 Millionen, die er jedes Jahr verdient, sollte das eine Selbstverständlichkeit sein!«

Bonita kichert. »Du redest wie ...«

»... wie wer?«

»Ich weiß auch nicht, aber irgendwie komisch. Kommt das von deinem Hausarrest? Ist dir langweilig, musst du dich abreagieren?«

Ella merkt, wie sie heiße Ohren bekommt, ihr Gesicht wird auch heiß, dann ist sie bestimmt knallrot. Zum Glück kann Bonita das nicht sehen.

»Meine kleine Schwester fängt auch immer an zu sticheln, wenn ihr langweilig ist«, sagt Bonita. »Und meine große Schwester zieht sie dann damit auf. Übrigens hat die mir letztens echt coole Fußballbilder mitgebracht. Kann ich dir ja mal zeigen.«

Ella beißt sich auf die Lippen. Über Bonitas Familie möchte sie jetzt eigentlich nichts hören. Sie hat nicht so tolle Schwestern wie Bonita. Sie hat überhaupt keinen, der ihr Fußballbilder mitbringt.

»Ella? Bist du noch da?«

»Ja«, schnauzt Ella. »Aber ich muss jetzt Schluss machen ...« Sie möchte jetzt lieber wieder gegen die Wohnzimmerkissen kicken.

»Übrigens, wegen der Mathearbeit ...«, sagt Bonita.

Jetzt fängt die schon wieder mit Mathe an!

»Och«, sagt Ella. »Irgendwie schaff ich das schon.«

»Klar«, sagt Bonita. »Du schaffst ja alles.«

Ella hat jetzt genug. Nachdem sie aufgelegt hat, ist sie erst froh, Bonita abgewimmelt zu haben, aber so ganz glücklich ist sie damit doch nicht. Und wieso meint Bonita, dass sie alles schafft? Sollte das ein Scherz sein? Macht sie sich etwa über sie lustig?

Ella bringt das Foto von Malle zurück in ihr Zimmer, steckt es tief unten in die Fußballmappe. Dann wirft sie sich aufs Bett und beißt ins Kissen. Das ist immer noch besser, als zu heulen.

Nach vier Tagen ist Ella fertig mit der Welt, am Boden zerstört, bereit, alles zu tun, nur um nachmittags nicht mehr eingesperrt zu sein. Aber der Preis ist hoch. Mama und Papa verlangen, dass sie sich mit Lino verträgt, unter Zeugen.

»Von mir aus«, sagt Ella und reicht Lino die Hand, ohne ihn anzugucken. Er nimmt sie kurz, drückt sie und lässt sie fallen.

Als Ella nach der Schule wieder über den Sportplatz schlendert, ist es, als würde sie das erste Mal Mittagssonne schnuppern! Der Rasen duftet, Vögel zwitschern, Autos hupen. Sie steht wieder mitten im Leben und muss vor Freude erst mal eine Runde rennen. Fast wäre alles wieder in Butter, wenn sie morgen nur nicht die Mathearbeit schreiben würden. Die hat sie nämlich ganz vergessen, obwohl Bonita sie ja vorgestern noch darauf angesprochen hat. Aber vielleicht kann sie am Abend noch ins Buch gucken.

Am Abend ist aber ausgerechnet ein wichtiges Fußballspiel im Fernsehen: Real Madrid gegen FC Barcelona, Champions League, Viertelfinale. Das muss sie sehen, da sind alle Spitzenspieler dabei. Sie hofft, dass Real Madrid gewinnt. Eiskalt!

Brrrrrr. Ella bekommt jetzt schon eine Gänsehaut, wenn sie nur an das Spiel denkt. Papa guckt um die Ecke und sagt, Ella solle sich doch eine Jacke holen, wenn ihr kalt sei, nicht dass sie sich noch erkälte.

»Mir ist nicht kalt, Papa.«

Mama kommt und fragt: »Wem ist kalt? Ella? – Wie kann dir denn bei der Temperatur kalt sein?«

»Mir ist nicht kalt, Mama«, knurrt Ella.

»Halt doch mal die Klappe«, sagt Lino.

Prima, er redet wieder mit ihr. Sagt ihr auch gleich, dass er für Barcelona ist.

Papa geht ins Schlafzimmer, singen. Dort übt er immer für den Chor. Mama fragt, wann das Fußballspiel zu Ende sei, sie will auf keinen Fall ihre Serie verpassen. Keiner antwortet. Ella hofft, sie geht gleich zu Marion, sonst gibt es in der Halbzeit wieder Theater. Natürlich ist das Spiel nicht vor ihrer Serie zu Ende!

Die Madrilenen zeigen von Anfang an, wer Herr im Haus ist, gehen sofort in die Zweikämpfe. Barca spielt abwartend, nur auf Sicherung des eigenen Tores bedacht.

»Die trauen sich nichts«, sagt Ella.

»Das nennt man Taktik«, sagt Lino. »Wart's ab, bis Messi an den Ball kommt.«

Ronaldo von Real Madrid kommt nach einem langen Ball zu einer ersten super Möglichkeit, schießt aus 20 Metern Entfernung. Ella sieht den Ball schon im Tor und schreit, aber der Ball wird von Umtiti ins Aus geklärt. Lino grinst. Ella weiß, dass er sie nur ärgern will, aber sie lässt sich nicht ärgern, nicht von ihm! – Aber was ist jetzt los? Was stochern die Madrilener denn da in der gegnerischen Abwehr herum, können die sich nicht anständig freispielen oder was? Ella kaut auf ihrem Daumennagel.

In der 82. Minute zirkelt Suárez wie aus dem Nichts einen Freistoß von der rechten Seite auf Messi, der aus acht Metern Entfernung den Ball einköpft.

»Tooooooor!«, schreit Lino und springt auf dem Sofa herum wie ein Verrückter.

Es bleibt beim 1:0 für Barcelona. So ein Mist aber auch! Obwohl sie sich ohne Lino im Nacken auch darüber freuen würde.

Am nächsten Morgen grinst Herr Hempstädt Ella schon so schadenfroh an. Natürlich konnte sie nach dem Fußballspiel gestern Abend nicht mehr Mathe üben. Irgendwann muss ein Kind ja auch mal schlafen. Herr Hempstädt teilt die Aufgabenzettel aus. Ella setzt er ganz allein an einen Tisch. Bei der Arbeit wandert er mit verschränkten Händen auf dem Rücken durch die Tischreihen und schielt jedem von oben auf das Blatt. Ella kann nirgendwo abschreiben, konzentrieren kann sie sich auch nicht. Die Zahlen hüpfen wie Flummis umher und die Textaufgaben kommen ihr vor wie mystische Rätsel. Als sie gerade mal zwei von sieben Aufgaben gelöst hat, klingelt es.

Jetzt ist sie außer Atem, vom Rennen. Hat sich gleich nach der Schule auf den Sportplatz verdrückt. Ella setzt sich ins Tor, lehnt sich an den Pfosten und kramt ihr Brot raus. Sie macht die Augen zu, kaut und hält den Kopf in die Sonne. Plötzlich fällt ein Schatten über sie. Sie öffnet die Augen. Malle steht vor ihr.

»Hey«, sagt er. »Kommst du heute Nachmittag wieder zum Training?«

Ella hält sich die Hand über die Augen und blinzelt ihn an.

»Klar komme ich.« Sie setzt sich aufrecht hin, nicht dass sie sich noch verschluckt.

»Prima!«, sagt Malle. Der laue Wind spielt mit seinen Locken. Bestimmt sind sie frisch gewaschen, so luftig, wie sie um seinen Kopf wehen – wie in der Shampoo-Werbung. Malle hockt sich vor sie hin.

»Gut, dass du wieder da bist«, sagt er. »Wir haben nämlich für Sonntag ein Spiel gegen die Schule aus Rickenheim klargemacht, in Rickenheim. Der Kübel will uns sogar einen Mannschaftsbus besorgen. Heinzelmanns Farbenkiste sponsert den Bus und die Getränke.«

»Cool«, sagt Ella und streicht sich die Haare hinters

Ohr. Wann hat sie die eigentlich das letzte Mal gewaschen?

Sie sieht Leni und Bonita über den Sportplatz gehen. Sie winken schon von Weitem. Malle winkt zurück.

Sie kommen ans Tor.

Bonita strahlt mit ihren *Persil*-Zähnen, dass es blendet.

»Fällt euch was an mir auf …?«, fragt sie.

Ella schüttelt den Kopf. Malle schaut an ihr hoch und runter, steht auf und schaut ihr prüfend ins Gesicht.

»Ich habe drei Kilo abgenommen!«, sagt Bonita und springt in die Luft. »Drei Kilo in zwei Wochen!«

»Super«, sagt Malle, »herzlichen Glückwunsch!«

Ella findet das übertrieben. Malle holt seinen Taschenrechner aus dem Rucksack. »Drei Kilo in zwei Wochen«, murmelt er und tippt Zahlen ein. »Dann hast du 214,29 Gramm pro Tag abgenommen«, sagt er und steckt den Taschenrechner wieder ein. Bonita und Leni kichern.

Was ist denn daran so lustig? Freiwillig so was auszurechnen ist doch hirnverbrannt!

»Wie hast du das denn gemacht?«, fragt Ella Bonita.

»Äpfel statt Süßigkeiten gegessen. Jetzt schlackern mir die Jeans und meine Schwester hat gesagt, noch ein Kilo weniger und ich wär perfekt!«

Ella verdreht die Augen. »Wer ist schon perfekt?«

»Rein fußballtechnisch gesehen ist jedes Kilo weniger von Vorteil«, sagt Malle.

»Ja, ja, rein fußballtechnisch«, sagt Ella und betont *fußballtechnisch*, als wäre es das langweiligste Wort, das sie je gehört hat. Ist es ja auch. Bonita zwinkert ihr zu. Ella zwinkert zurück.

»Na ja«, sagt sie. »Ein bisschen sieht man es schon, Bonita. Steht dir gut.«

Bonita wird rot. Ach du meine Güte. Da sagt Ella schon mal was Nettes und dann wird es gleich peinlich. Dabei hat Bonita selbst mit dem Thema angefangen. Malle trabt ab. Da stehen sie nun. Bonitas Röte verfliegt langsam.

»Leni und ich gehen nachher noch in die Stadt«, sagt sie. »Kommst du mit?«

»Nö«, sagt Ella und versteht echt nicht, wie man freiwillig shoppen gehen kann.

»Na dann«, sagt Bonita und macht sich schnell aus dem Staub.

Es ist halb zwei. Was nun? Das Training fängt erst um vier an. Soll Ella hier etwa allein rumhocken oder lieber nach Hause gehen? Eigentlich müsste sie dringend mal Hausaufgaben machen. Aber das kann sie auch noch heute Abend.

Schade, dass niemand zum Bolzen da ist. Am besten, sie geht in den Park und haut sich auf eine Bank. Ein bisschen Ruhe kann nicht schaden, nach dem Schulstress heute Morgen.

Kaum hat sie es sich auf einer Bank bequem gemacht, kommt Lino vorbei, mit dem Pinkler und der Nummer 8, auf dem Fahrrad. Erst tut er so, als sähe er sie nicht, aber dann bremst er im letzten Moment ab, sodass ihm das Hinterrad wegrutscht und der Pinkler ihm fast hinten auffährt. Sie springen vom Rad.

»Na, du Träumsuse, was machst du hier?«

Die Jungs grinsen.

»Ich träume nicht, ich meditiere«, sagt Ella.

Die Jungs glotzen sie an, als käme sie von einem anderen Stern.

»Solltet ihr auch mal ausprobieren. Das stärkt die Konzentration und hilft beim Elfmeterschießen.« Über Meditation und Konzentrationsübungen hat sie eine Sendung im Fernsehen gesehen. Ella kramt in ihrer Tasche und zieht einen Apfel heraus. »Und von Äpfeln wird man schlank und fit«, sagt sie. »Echt. Unsere Torwartin hat mit einer Apfeldiät drei Kilo abgenommen! Was meint ihr, wie beweglich sie geworden ist?! Jetzt kriegt sie auch noch die höchsten Bälle.«

Lino schnappt ihr den Apfel aus der Hand und schleudert ihn weit in den Park. Ella tut so, als mache es ihr gar nichts aus. Das ärgert ihn am meisten.

»Ihr habt echt Glück mit Fiona Weber«, sagt die Nummer 8. »Die Tante kann was!«

Lino schaut Nummer 8 wütend an.

»Natürlich kann die was, du Onkel!«, sagt Ella und guckt sich um, ob das auch niemand mitgekriegt hat. Schließlich will sie Bonita nicht vor aller Welt loben.

»Trotzdem war das kein Elfmeter«, sagt Lino.

»Auch ohne Elfer hätte es immer noch 1:1 gestanden«, sagt Ella.

»Ich hätte aber noch ein Tor geschossen, und wenn der Lattenschuss …«

»Hätte, hätte. Haste aber nicht!«

»Doch, wenn der Elfmeter nicht gewesen wäre …«

»Ach, hör doch endlich mal mit dem Elfmeter auf«, sagt Ella. »Es nervt langsam.«

»Wenn die blöde Hechel nicht richtig pfeifen kann!« Lino spuckt über sein Vorderrad. »Aber das ist jetzt auch egal. Wir gehen in einen Verein. Da kriegen wir erstklassige Trainer und nicht irgendwelche Sportlehrer, die lahme Schulmannschaften aufstellen. Außerdem müssen wir dann nicht mehr gegen solche Mädchen-Amateure wie euch spielen!«

»Reg du dich nur auf«, sagt Ella. »Wir spielen Fußball!«

»Arschwackelball spielt ihr!«, sagt Lino, schwingt sich auf sein Fahrrad und fährt los. An der nächsten Wegkreuzung macht er eine Vollbremsung, weil seine Freunde nicht nachkommen. Sie stehen noch bei Ella.

»Also, ich finde, dass ihr schon ziemlich gut spielt, dafür dass so viele Mädchen dabei sind«, sagt Nummer 8 so leise, dass Lino es nicht hört.

»Klar spielen wir gut! Und wir werden von Tag zu Tag besser! Das kannst du meinem Bruder ruhig verklickern. Und wenn es je wieder zu einem Spiel zwischen uns kommen sollte, dann putzen wir euch vom Platz, auch ohne Elfmeter!«

»He, kommt ihr jetzt endlich?!«, ruft Lino. Die Jungs sehen ziemlich verdattert aus. Ella kriegt selbst eine

Gänsehaut, so gut hat sich das eben angehört. Sie grinst die beiden an und guckt zu, wie sie auf ihre Räder steigen und Lino hinterherfahren.

»Adiós muchachos!«, ruft sie ihnen nach.

Um halb vier ist sie die Erste auf dem Platz. Es dauert ewig, bis alle da sind und sich umgezogen haben. Bonita muss erst noch ihren neuen lila Sport-BH zur Schau stellen, und Leni auch. Carmen und Ranja klackern mit ihren Fußballschuhen durch den Umkleideraum, als wären es Stöckelschuhe.

Nach dem Konditionstraining hocken alle auf dem Boden, nur Ella federt im Stehen und hüpft auf der Stelle und freut sich schon auf die Schussübungen.

Auf dem Platz kommt sie richtig in Fahrt, und Leni und Carmen auch. Ballannahme und -abgabe klappen wunderbar und Bonita zeigt ihre besten Paraden. Hinterher sind alle völlig fertig, aber zufrieden mit sich und ihrer Leistung, und die Trainer loben und loben, was das Zeug hält. Frau Wilms sagt wieder dreimal »riesig« in einem Satz, da gucken sich Ella und Bonita an und müssen lachen.

»Ihr habt so schön miteinander gespielt, das war die reinste Wonne«, sagt Herr Kübel und betont das »miteinander«.

»Und genauso muss es sein! Denn wir sind eine Mannschaft. Wir sind die Starken, die Sieger, wir sind das Mixed-Team Victoria!«

Dann sollen sie alle aufstehen, sich in einen Kreis

stellen und sich gegenseitig die Arme um die Schultern legen – so wie die Profis das auch machen.

»Auch beten?«, fragt der kleine Tom. »Oder seinen Ringfinger küssen?«

Die anderen lachen. Frau Wilms sagt: »Wenn du möchtest, kannst du auch beten oder deinen Ringfinger küssen.«

»Das wird aber nicht viel bringen«, sagt Tarek. »Ohne Frau und ohne Ehering.«

»Was nicht ist, kann ja noch werden«, sagt Jule und grinst.

Ella und Bonita verdrehen die Augen. Sie stehen sich im Kreis gegenüber.

Malle tritt in die Mitte. »Was ich euch noch fragen wollte«, beginnt er und guckt in die Runde. »Was haltet ihr davon, noch einmal gegen die Südtiger zu spielen? Ich hätte große Lust dazu, damit das Gemunkel aufhört, der letzte Elfmeter wäre gar kein richtiger Elfmeter gewesen!« Malle schaut Ella an. Ella wird rot. Sogar wenn Lino nicht da ist, macht er ihr Ärger.

»Dann werden wir es ihnen zeigen«, sagt Malle. »Ein für alle Mal!«

»Ja«, sagt Ella. »Gute Idee.«

Die anderen sind auch einverstanden. Der Kreis wird mit einem lautstarken »Vic-to-ria!«-Ruf aufgelöst. Malle sagt, er will noch heute Lino anrufen.

Das Spiel am Wochenende gegen Rickenheim gewinnt Victoria. In der Rickenheimer Mannschaft sind nur zwei Mädchen, die waren zwar schnell und gut, aber nicht schnell genug für Victoria! 4:1!

Die Sieger und Siegerinnen steigen in den Mannschaftsbus von Heinzelmanns Farbenkiste. Total erschöpft, aber glücklich hängen sie in den Sitzen; Beine baumeln über die Lehnen, Knie sind aufgeschrammt und grasverschmiert. Die Reservespieler mussten ihnen vorhin die Fußballschuhe ausziehen, so fertig waren sie vom Kämpfen.

Jedes Mal wenn sie an einer Ampel halten, kommt es Ella vor, als schauten die Leute auf der Straße zu ihnen in den Bus empor, zu den Gewinnern und Gewinnerinnen in den roten Trikots.

Am Montag sind sie sogar in der Zeitung. »Victoria schießt sich nach vorn!«, steht da über einem Mannschaftsfoto, auf dem Ella in der ersten Reihe zu sehen ist, lässig, einen Fuß auf den Ball gestützt, wie ein Tropenheld, der gerade einen Tiger erlegt hat.

Lino tut so, als hätte er den Artikel nicht gesehen, dabei hat Ella die Seite mit dem Foto direkt neben seine Müslischale gelegt. Kein Wort auch darüber, dass Malle ihn angerufen und die Südtiger herausgefordert hat. Laut Malle soll Lino nur gesagt haben: »Prima, dann treffen wir uns auf dem Platz wieder.«

In der Schule kann Ella gar nicht aufpassen. Sie hat immerzu den Zeitungsartikel vor Augen, in dem auch der Schülerpokal abgebildet ist. Er ist zwar nicht aus Gold, aber er glänzt wie Gold. Das sieht man sogar auf dem Schwarz-Weiß-Foto. Die Stadtsparkasse hat ihn gestiftet. Was würde sie darum geben, ihn zu gewinnen! Lino hätte ihn sicher auch gern, aber nach den Wettbewerbsbedingungen dürfen nur Schulmannschaften mitspielen, in denen auch Mädchen sind. Tja, selber schuld.

Die Englischstunde zieht sich lang wie Kaugummi und im Deutschunterricht schläft Ella fast ein. Und dann noch Mathe! Man müsste wirklich Schmerzensgeld für die bohrende Langeweile bekommen. Wenigstens kriegen sie die Mathearbeit noch nicht zurück. Die würde sie Herrn Hempstädt am liebsten schenken.

Am Nachmittag trifft sie Lino in der Küche. Mama hievt gerade die Einkaufstasche auf die Ablage. Lino soll auspacken helfen, aber er knibbelt nur die Preisschilder von den Lebensmitteln und klebt sie an die Suppenkelle.

Mama sagt: »Spinnst du?«

Ella weiß zwar schon länger, dass er spinnt, aber im Moment spinnt er besonders. Trinkt den ganzen Multivitaminsaft aus, obwohl er den gar nicht mag. Er rülpst. Das war die neue Flasche, auf ex.

»Was soll das?«, fragt Mama. »Ich hab keine Lust, mich andauernd abzuschleppen. Die sollte bis zum nächsten Einkauf reichen.«

Eigentlich sollen sie jeder nur ein Glas am Tag davon trinken.

»Ich muss mein Immunsystem stärken«, erklärt Lino.

»Doch wohl nicht etwa für das Spiel?« Ella grinst. »Da nützt dir keine Vitaminsauferei.«

»Ella, bitte«, sagt Mama. »Fangt nicht wieder an. Ich hab schon Kopfschmerzen.«

Lino pult die Preisschilder von der Kelle und tut sehr beschäftigt. Dabei murmelt er: »Dieses Mal gewinnen wir. Das heißt, wenn fair gespielt wird und nicht wieder so eine blöde Tussi einen Elfer pfeift, wo gar keiner ist.«

»Lino, wie sprichst du denn von eurer Biologielehrerin?!«, sagt Mama. Lino wirft die Suppenkelle hin und geht in sein Zimmer.

Am nächsten Tag scheint Lino sich eine neue Kommunikationsform ausgedacht zu haben. Überall fliegen plötzlich Taschentücher herum. Was will Lino ihr damit sagen? Überall liegen sie herum, zerknüllt und verrotzt: in ihrem Zimmer, unter dem Bett, sogar unter dem Kopfkissen. Und kaum macht sie ihre Schulmappe auf, klemmen sogar welche zwischen ihren Büchern. Ekelhaft! Dabei hat Lino gar keinen Schnupfen.

»Wenn du mir noch einmal Taschentücher ins Zimmer wirfst, dann gibt es richtig Ärger!«, brüllt Ella vom Flur aus in sein Zimmer.

Lino dreht sich noch nicht mal um, sitzt an seinem Schreibtisch und tut so, als höre er sie gar nicht.

Als Mama die Taschentücher entdeckt, ist es natürlich nicht Lino, sondern wieder einmal Ella, die Ärger kriegt. Sie soll gefälligst ihren Müll nicht überall liegen lassen. Mama hält zwei Hände voll verrotzter Tempos in den Händen.

»Die sind nicht von mir! Frag doch mal Lino!«

»Lino, Lino«, murrt Mama. »Bei dir ist es immer Lino.«

»Vielleicht sind sie auch vom Himmel gefallen«, sagt Ella. Aber Mama findet das nicht lustig. Sie sieht müde und abgearbeitet aus und meckert gleich weiter: »Gebrauchte Taschentücher werfen WIR sofort in den Abfalleimer und nicht erst unters Bett! Das macht man vielleicht bei Hempels, aber WIR machen das nicht. Das ist nämlich *unhygienisch*!«

»Ja-ha!«, sagt Ella, damit Mama endlich aufhört zu nerven.

Ella wirft sich aufs Bett. Unter ihrem Kopfkissen findet sie weitere Rotzfahnen. Lino, du Sau! Sie fasst die Tücher mit spitzen Fingern an, rast in Linos Zimmer und legt sie ihm auf den Schreibtisch.

Am Mittwoch fängt Mama an zu niesen. Ihr Hals ist rau, die Nase läuft und Hunger hat sie auch nicht. Mama wird krank. »Das hat mir noch gefehlt«, sagt sie heiser. »Ausgerechnet jetzt, wo die Schubert Magen-Darm-Grippe hat.«

Am Donnerstag schleppt sich Mama mit hängenden Haaren ins Bad. Wenn sie erkältet ist, hält ihre Föhnwelle nur mit extrastarkem Schaumfestiger, und das auch nur bis ins Auto.

Ella hingegen ist munter, fröhlich, fit. Sie kann sich nicht erklären, warum Lino sie dauernd anstarrt, schon beim Frühstück und den ganzen Tag, wenn sie sich über den Weg laufen. Will er sie hypnotisieren? Lähmen? Spielunfähig machen?

Ella beachtet ihn nicht weiter. Sie muss sich psychisch und körperlich auf das Spiel gegen die Südtiger vorbereiten, liest Zeitungsartikel aus ihrer Fußballmappe über die Stars und sagt sich: Genauso mach ich es auch. Ruhig und stolz und siegessicher wird sie auf den Platz gehen und wieder gegen Lino gewinnen!

Donnerstagnacht träumt sie komisches Zeug. Sie ist auf dem Fußballplatz, kriegt den Ball wunderbar auf die Füße, steht frei, nicht weit vom Tor, rennt los, aber da flattert ihr irgendwas Weißes vorm Gesicht herum und sie kann das Tor nicht mehr sehen, schießt und weiß nicht, wo der Ball geblieben ist. Nur mit Mühe erkennt sie eine Gestalt vor ihr, blinzelt und kann sich nicht bewegen.

Sie ist wach, aber da ist wirklich eine Gestalt vor ihr.

Vor lauter Schreck kann sie sich nicht rühren. Aber dann erkennt sie einen weißen Streifen am hellblauen Schlafanzug. Lino! Sie will schon hochschnellen und ihn packen. So ein gemeiner Mistkerl, sie so zu erschrecken! – Was macht er denn da? Sie hält still, hört Lino atmen. So geschnauft hat er schon früher, wenn sie sich zusammen versteckt haben und er sich bemühte, ganz leise zu sein. Und jetzt sieht sie es: Das Weiße in seiner Hand ist ein Taschentuch. Er schüttelt es über ihrem Gesicht aus! Er schüttelt ihr Bazillen ins Gesicht. Er will sie tatsächlich spielunfähig machen!

Mit einem Satz schnellt sie hoch. Lino schreit auf und will wegrennen, aber sie hat ihn am Ärmel. Er versucht, sich loszureißen, doch sie klammert sich an seinen Arm, wird halb aus dem Bett geschleift, schreit: »Hilfe! Hilfe!«, so laut sie kann. Im Nu sind Mama und Papa im Zimmer und machen Licht an.

Lino ist auf frischer Tat ertappt! Mama niest und Papa scheucht Lino vom Bett weg. Er ist stinksauer. Beinahe hätte er Lino eine gescheuert. Aber er schlägt ja keine Kinder. Er schubst ihn nur aus der Tür und sagt: »Das wird Folgen haben, mein Junge!« Dann packt er ihn am Nacken und schiebt ihn in sein Zimmer.

»Mindestens zwei Wochen Hausarrest«, ruft Ella ihm hinterher. »Am besten zwei Jahre!«

Am nächsten Morgen knöpft Papa sich seinen Sohn am Frühstückstisch vor. Er hat einen roten Kopf vom Schimpfen und dann fällt ihm noch sein Schlips aufs

Marmeladenbrot. Es stellt sich heraus, dass Lino die verrotzten Taschentücher mit Gummihandschuhen aus den Abfalleimern in der Schule gefischt hat. Er behauptet, es sei für ein Forschungsprojekt in Bio, an dem er gerade arbeite. Er wolle herausfinden, wie schnell man sich ansteckt.

»Damit *ich* mich anstecke!«, sagt Ella. »Damit *ich* nicht spielen kann. Gib's doch endlich zu!«

Mama nimmt eine Aspirin-Tablette und schüttelt vorsichtig den Kopf. »Ich kann es nicht glauben, dass du zu so was fähig bist, Lino!«

Lino wird von den Eltern richtig schön in die Mangel genommen. Da will Ella nicht weiter stören. Sie geht schon mal vor, zur Schule. Hüpft und springt die Straße entlang. Zum Glück haben die Viren bei ihr nicht gewirkt! Und schade, dass sich Lino nicht selbst angesteckt hat. Das wär's noch gewesen ... wenn er sich selber schachmatt gesetzt hätte.

In der zweiten Stunde bekommen sie die Mathearbeit wieder. Ella betet noch, als Herr Hempstädt die Hefte austeilt. Vielleicht geschieht doch mal ein Wunder und sie hat noch eine Drei.

Sie hat eine glatte Fünf. Von den zwei Aufgaben ist nur eine halbe richtig gewesen. Der Hempstädt sagt nichts. Natascha Kunze aus der letzten Reihe hat auch eine Fünf, sonst ist die Arbeit sehr gut ausgefallen. Ella lässt das Heft in ihrem Rucksack verschwinden.

Am Nachmittag ist das letzte Training vor dem Spiel gegen die Südtiger. Dabei geht auch alles schief. Ella passt an ihren Mitspielern vorbei und trifft beim Zielschießen nicht ein Mal ins Tor. Malle rauft sich die Locken.

»Dir verrutscht noch dein schicker Haarreif, wenn du so weitermachst«, sagt Bonita. Malle fasst an seinen Haarreif und guckt so komisch, dass Ella laut loslachen muss. Bonita zwinkert ihr zu.

Nach dem Training kommt Herr Kübel zu ihr und sagt, sie solle sich mehr konzentrieren, gerade im Zweikampf, nicht so drauflosstürmen. Und Malle sagt, sie soll vor allem die Alleingänge lassen! Sonst noch was?

Ella geht rüber auf die Schultoilette und schließt sich in ihrer Klokabine Nummer drei ein. Muss erst mal tief Luft holen. Alle sind so fies zu ihr! Lino sowieso, Herr Hempstädt und jetzt fangen auch noch Herr Kübel und Malle an, an ihr rumzumeckern. Nur Bonita ist nett. Und witzig. Ausgerechnet Bonita! Das Malle-Herz an der Klotür sieht blass aus, als hätte man versucht, es abzuwischen. – Bonita oder der Hausmeister?

Am liebsten würde sie Malles Passbild im Klo runterspülen, aber sie hat es leider nicht dabei.

Auf dem Nachhauseweg trifft sie Bonita. Komisch, wollte sie nicht mit Leni in die Stadt? Hat sie etwa auf sie gewartet? Sie gehen nebeneinander her. Dann sagt Bonita: »Du schuldest mir noch ein Eis. Jetzt hätte ich ungeheure Lust darauf.«

Ein Eis. – Das ist jetzt genau das Richtige! Sie kaufen zwei Schokosandwiches und setzen sich auf die Stufen vom Haus neben dem Laden.

»Danke«, sagt Bonita.

»Gerne«, sagt Ella.

»Gehst du nicht mit Leni in die Stadt?«

»Doch, aber später.«

»Ach so.«

Dann schweigen sie. Es ist gar nicht so ungemütlich, so dicht neben Bonita zu sitzen, und das Eis schmeckt auch köstlich. Dann erzählt Ella von den Taschentüchern und Linos Aktion letzte Nacht.

»Er wollte mich außer Gefecht setzen, mich krank machen, damit ich übermorgen mit Fieber im Bett liege und nicht mitspielen kann. Stell dir das mal vor!«

»Da kannste mal sehen, was der für 'ne Angst hat, gegen dich zu verlieren.« Bonita hat das Eis einmal rundherum so weit aus der Waffel geschleckt, wie die Zunge reicht. Nun fällt die Waffel wie nasse Haut zusammen. Ella schaut zu, wie Bonita ihr Eis bearbeitet. Sie selber hat die Waffel von Anfang an kurz gehalten, abwechselnd geschleckt und geknabbert.

»Meinst du wirklich, mein Bruder hat Angst vor mir?«

Bonita zuckt die Schultern. »Kann doch sein. Ich hab auch Angst vor dir.«

»Wie bitte?«

»Du bist immer so schroff und stur und meckerst einen gleich an. Oder noch schlimmer: lässt einen einfach stehen.« Bonita hat ihre Waffel jetzt auch wieder auf gleicher Höhe wie das Eis.

»Stimmt ja gar nicht«, sagt Ella.

»Siehste«, sagt Bonita. »Du gestehst dir nichts ein. Genau wie dein Bruder.«

Ella ist drauf und dran, aufzustehen und wegzugehen, aber sie kann nicht. Sie stopft sich den Rest Eissandwich auf einmal in den Mund, bleibt sitzen. Die Kälte zieht an den Zähnen und sie ärgert sich, dass sie das letzte Stück so verschlingen musste, wo doch das letzte Stück immer am besten schmeckt, wenn es schön weich und cremig ist. Sie kaut den riesigen Brocken, schluckt ihn runter und holt tief Luft.

»Ich bin nicht stur!«, sagt sie. »Du hast keinen bescheuerten Bruder. Du verstehst das nicht.« Sie steht auf, kickt einen Stein weg, sagt: »Ich muss jetzt los.«

Zwei Tage später, beim Spiel gegen Victoria schießt Lino schon kurz nach dem Anstoß ein Tor. 1:0 für die Tiger. Wie ein Gockel stolziert er über den Platz und lässt sich feiern, spuckt auf den Boden, als verteile er Weihwasser. MM Victoria ist schockiert! Ella pfeift Malle an, weil es Malles Idee war, Bonita aus dem Tor zu nehmen und in der Abwehr zu platzieren. Angeblich sollen die Südtiger die ganze Woche Scharfschießen in die obere rechte Ecke trainiert haben, Bonitas Schwachstelle, und deshalb wollte Malle diesmal unbedingt selbst ins Tor. Bonita fand es nicht besonders toll von Malle, einfach so über sie zu bestimmen. Von wegen Schwachstelle!

Beim 0:1 flog der Ball in die linke obere Ecke, Bonitas starke Seite. Für Ella ist klar: Bonita hätte den mit Sicherheit gehalten! Und das sagt sie auch Malle, diesem Profi.

Bonita gibt Ella ein Zeichen, ruhig zu bleiben. Malle sieht sowieso schon fix und fertig aus, trotz seinem coolen Haarreif, und es sind noch nicht mal fünf Minuten gespielt!

»Nicht einschüchtern lassen!«, ruft Frau Wilms vom Spielfeldrand, aber so, wie alle gucken, sind sie es schon.

Lino grölt: »Jetzt zeigen wir es den Mädchen!«

Der Pinkler grinst, Lino spuckt ins Gras. José, Tom, Rufus Melk und die anderen Jungs von Victoria gucken sich an und Pascal Schulze, ehemaliger Verteidiger der Tiger, brummt: »Das lassen wir nicht auf uns sitzen!«

Frau Wilms beruhigt, wo sie kann, und ermahnt alle, sie sollen sich bloß nicht provozieren lassen.

Ella rennt sich die Hacken ab. Ist der Ball vorne, ist sie auch vorne; ist der Ball hinten, ist sie hinten. Die Lunge brennt, als hätte man ihr zwei heiße Bügeleisen auf die Brust gesetzt. Bonita kämpft als linke Verteidigerin auch nicht schlecht. Trotzdem kommt das Spiel nicht richtig in Gang. Zu allem Überfluss pfeift heute der Hempstädt.

Aber Bonita ist eine Wucht! Sie treibt den Ball immer wieder nach vorn. Und wie wendig sie ist! Sie kann super dribbeln und vor allem guckt sie, wer wo läuft, und gibt den Ball im richtigen Moment ab. Ella steht bereit. Bonita stoppt den Ball mit rechts und passt ihn präzise an zwei Tigern vorbei, zu Ella. Jetzt kann sie damit nach vorne stürmen, zwischen zwei gegnerische Abwehrspielern hindurch, an der bereitstehenden Leni vorbei. Sie schießt frontal aufs Tor und verwandelt tatsächlich das 1:0 in ein 1:1! Unhaltbar. Ella sieht das Netz zittern, dann sieht sie gar nichts mehr, sinkt auf die Knie und dankt dem Himmel – und Bonita!

Lino und seine Jungs schlagen sich die Hände vors Gesicht. Es nützt nichts. Mit dem Unentschieden gehen sie nach anstrengenden 20 Minuten in die Halbzeit.

Ella liegt auf dem Rücken und lässt sich frisches Wasser in die Kehle laufen. Lino sitzt auf der anderen Seite des Rasens und massiert sich die Waden. Herr Kübel redet wie ein Wasserfall auf Ella ein. Sie soll sich hinsetzen beim Trinken und auf dem Platz nicht immer allein nach vorn gehen. Das sei zu risikoreich. Sie hätte zweimal Leni übersehen. Aber Frau Wilms findet, die erste Halbzeit wäre doch wunderbar gelaufen, und lobt Ella, nicht nur weil sie so ein tolles Tor geschossen hat. »Aber zum Trinken solltest du dich wirklich lieber hinsetzen, sonst verschluckst du dich noch.«

»Wenn du doch in Mathe bloß auch so treffsicher wärst wie auf dem Fußballplatz …«, sagt der Hempstädt. Er hat immer noch die Trillerpfeife im Mundwinkel.

Ella klappt die Ohren zu. Plötzlich kann sie verstehen, warum Lino eine Mannschaft ohne Lehrer haben wollte! Sie schaut zu Lino rüber, grinst ihm siegessicher zu. Lino würdigt sie keines Blickes.

Die zweite Halbzeit beginnt. Anstoß Südtiger. Lino passt quer zu Nummer 8. Der schießt den Ball auf die andere Seite. Leni greift ein, stochert einem Rothaarigen mit ihren langen Beinen den Ball weg, spielt zu Ranja. Ranja dribbelt mit dem Ball ins Mittelfeld, passt steil zu Ella. Ella stoppt den Ball und gibt an Carmen ab. Carmen stolpert und Linos Beulenkumpel drängt nach vorn, wird von Bonita gestört. Sie flankt zu Tom. Tom stoppt mit rechts, schießt mit links weiter zu José. Der will zu Ella flanken, aber da geht Lino dazwischen. Der Ball rollt ins Aus. Einwurf Victoria.

Leni wirft zu Bonita. Bonita passt zu Ella. Ella passt zu Bonita. Jemand von den Zuschauern ruft: »Bravo!«

Ella ist mit Bonita im gegnerischen Strafraum, da haut Lino Ella den Ball weg. Sie fallen beide hin. Zum Glück pfeift der Hempstädt nicht. Es war zwar ein Foul, aber noch einen Elfer würde Ella nicht überleben. Manches regelt man lieber unter sich. Beim Aufstehen nutzt Ella die Gelegenheit und rammt Lino den Ellenbogen in die Rippen. Lino krümmt sich. Bevor er reagieren kann, ist sie schon weg, wieder im Spiel, tänzelt um einen Abwehrspieler herum und luchst ihm den Ball ab, rast durchs Mittelfeld, dribbelt am Hempstädt vorbei, sieht Bonita rechts außen mitkommen, passt ihr den Ball steil zu. Bonita knallt das Ding volle Pulle ins Tor!

Alle springen auf Bonita und reißen sie zu Boden. Sie ist gar nicht mehr zu sehen.

Frau Wilms ruft: »Um Himmels willen! Erdrückt sie nicht!«

2:1. Noch sieben Minuten zu spielen.

Die Südtiger verbeißen sich in ihre Wut und stürzen sich auf den Ball, wann immer sie können, stürmen sie nach vorn, aber bis auf eine gefährliche Ecke, die der Pinkler tritt und Döner klärt, gibt es keine wirkliche Chance. Herr Kübel feuert seine Mannschaft an, schreit sich die Seele aus dem Leib: »Baut euch auf! Spielt nach vorne! Und immer gucken, gucken, gucken!« Er tippt sich an die Augen.

Ella spielt sich frei, schießt mit voller Wucht, aber da läuft der Hempstädt dazwischen und kriegt den Ball mitten ins Gesicht. Die Trillerpfeife fliegt ihm aus dem Mund. Er stolpert, muss sich orientieren, dann ruft er: »Halt!«, und: »Stopp, meine Pfeife!«, aber ohne Pfeife hört keiner auf ihn.

Leni nutzt das Durcheinander und stellt dem Pinkler ein Bein. Der kleine Tom zieht Nummer 8 am Trikot. Nummer 8 wird wütend und schubst José weg. Als der Hempstädt wieder pfeifen kann, bekommen die Südtiger dafür einen Strafstoß.

Herr Kübel brüllt, sie sollen eine Mauer bilden. Tarek, Rufus und Tom halten ihre wertesten Teile fest. Da kommt der Ball, eine Bananenflanke von Lino. Sie geht über die Mauer hinweg, aber Malle läuft früh genug aus dem Tor, fängt den Ball und geht mit ihm zu Boden.

»Bravo!«, ruft Frau Wilms.

Kurz danach ertönt der Abpfiff. Es bleibt beim 2:1 für Victoria.

Die Sonne scheint auf den Küchentisch. Lino kippt sich das Frühstücksschälchen mit Crunchy-Kringeln voll.

»Lass mir auch noch was übrig«, sagt Ella. Aber Lino beachtet sie nicht. Stellt die Packung auf den Tisch, hat sogar noch was dringelassen. Er ärgert sie schon seit Tagen nicht mehr, behandelt sie wie Luft, auch wenn Mama sich im Badezimmer föhnt und beste Streitzeit wäre. Er will nichts mehr mit Ella zu tun haben. Das hat er jedenfalls gesagt, als Papa ihm vorgestern Abend versucht hat klarzumachen, dass man in einer Familie den anderen nicht einfach ignorieren könne, woraufhin Lino nur gefaucht hat: »Mir doch egal!«

»Führ dich bloß nicht auf wie ein Cowboy, du kleiner Macho«, hat Mama gesagt, aber Lino hat nicht reagiert, sondern ist wortlos in sein Zimmer verschwunden.

Na ja, Ella hat schon schlimmere Sachen von ihm gehört. Dass sie jetzt Luft sein soll, damit kann sie leben. Er ist sowieso kaum noch zu sehen, nur morgens, beim Frühstück. Und wenn er abends wiederkommt, verschwindet er erst im Bad, plündert dann den Kühlschrank und haut sich vor die Glotze. Keiner weiß, wo er nach der Schule hingeht. Seine Fußballschuhe stehen unberührt in seinem Zimmer und sein Beulenkumpel ruft sogar schon auf dem Festnetz an. Vergebens. Lino ist nicht mehr auf dem Fußballplatz, aber seine riesige Sporttasche, aus der er abends verschwitzte T-Shirts zieht und in die Waschmaschine stopft, hat er trotzdem immer dabei. Da könnte man glatt neugierig werden.

Mama stellt den Föhn aus, kommt mit frischen, runden Locken in die Küche. Ihr Kopf ist noch rot von der heißen Luft. Ihre Schritte klingen laut, weil es am Tisch so still ist.

»Ich möchte, dass Lino heute einkaufen geht und du, Ella, Papas Hemden aus der Reinigung holst.« Mama gibt jedem 10 Euro, setzt sich an den Tisch.

Lino schaut nur kurz auf und sagt: »Bring ich aber erst heute Abend mit.«

Mama streicht sich einen Honigtoast, fragt, wo Lino nachmittags ist.

»Unterwegs«, murmelt er. Man kann ihn kaum verstehen.

»Alleine?«

»Nö, mit Kumpels.«

»Und mit wem?« Mama lässt nicht locker.

»Kennst du nicht. Neue Leute.« Lino steht auf, schiebt sein Schälchen weg, obwohl er kaum was gegessen hat.

»Würde ich aber gern mal kennenlernen«, sagt Mama. »Außerdem will ich wissen, was du machst, seitdem du … also seitdem du offensichtlich nicht mehr …«

Sie spricht es nicht aus. Das Wort »Fußball« existiert in diesem Haus neuerdings nicht mehr. Wenn es um Ella geht, redet sie auch nur noch von »Training«. Langsam hat Ella die Schnauze voll. Lino kann doch hier nicht alles bestimmen. Es reicht mit Mamas Rücksichtnahme!

»Und was ist mit deinen Fußballkumpels?«, fragt Ella. Sie genießt das Wort. Es liegt gut auf der Zunge, wie ein Ball auf dem Fuß. »Wolltet ihr nicht im Verein spielen?« Sie schaut Lino herausfordernd an, bereit, einer Kopfnuss auszuweichen.

»Nö«, presst er hervor. »Ich nicht mehr.« Seine Augen funkeln. »Und kümmere du dich lieber um Mathe. Soviel ich gehört habe, war die letzte Mathearbeit eine glatte Fünf, und in Englisch sollst du ja auch eine Vier minus geschrieben haben.« Lino schiebt seinen Stuhl an den Tisch. Ella bleibt die Spucke weg. Mama hört auf zu kauen. Lino geht ins Bad, ohne noch einen Ton zu sagen.

»Eine Fünf in Mathe und eine Vier minus in Englisch?« Mama tropft der Honig vom Toast.

»In Englisch, das war nur ein kleiner Test. Der zählt

überhaupt nicht«, sagt Ella schnell. Am liebsten würde sie Lino ihr Müslischälchen an den Kopf werfen, aber er ist schon verschwunden.

»Ella!«, sagt Mama. Sie muss erst mal Luft holen. »Das geht doch nicht! Seit wann bist du denn so schlecht in der Schule?«

»Ich bin nicht schlecht in der Schule«, sagt Ella. »Ich habe in Sport eine Eins ...«

Mama schluckt und spült mit Kaffee nach. »Und warum erfahre ich nicht, wenn du Arbeiten und Tests verhaust? Kannst du mir das mal sagen?«

»Hab ich total vergessen ...«

Mama wischt sich den Mund ab. Sie muss ins Büro. Es ist allerhöchste Zeit. Sie will am Abend mit Ella weiterreden. Wenn Papa da ist.

Lino kommt aus dem Bad und grinst nicht mal über seinen Erfolg. Ella ist tatsächlich Luft für ihn.

Auf dem Weg zur Schule überlegt sie, ob sie die erste Stunde schwänzen soll. Mathe. Der Hempstädt meckert sowieso nur wieder los, weil sie die Mathearbeit immer noch nicht hat unterschreiben lassen.

Ella kickt jeden Stein weg, der ihr vor die Füße kommt, selbst die kleinsten Kiesel. Es ist eine Minute vor acht und sie könnte jetzt rennen, dann schafft sie es noch gerade rechtzeitig, mit dem Hempstädt in der Klasse zu sein. Sie könnte aber auch hier links abbiegen, in den Park gehen und sich ein wenig ins Gras hauen. Sie hat eh schlecht geschlafen die letzte Nacht. Unausgeschlafen lernen zu gehen ist bestimmt ungesund. Also biegt sie links ab, in den Park.

Die Rosen duften, die Vögel zwitschern und die Rentner führen ihre Hunde aus. Sie schlendert durch die Kastanienallee und setzt sich am Teich auf eine Bank.

Fünf nach acht. Ihr Herz klopft. Jetzt steht sie bestimmt schon im Klassenbuch.

Ella pflückt ein Gänseblümchen und dreht es zwischen den Fingern hin und her. Was Mama wohl sagen würde, wenn sie wüsste, dass sie schwänzt und im Park auf einer Bank sitzt? Natürlich ohne Knutschen.

Zehn nach acht. Warum vergeht die Zeit beim Schwänzen genauso langsam wie in der Mathestunde?

Ella holt ihr Brot aus der Tasche. Beißt einmal ab, hat keinen Hunger. Wenigstens weiß Mama jetzt schon mal von der Mathearbeit, aber an heute Abend mag Ella gar nicht denken. Sie kramt in ihrem Rucksack herum, aber etwas Brauchbares zum Zeitvertreib kann sie nicht finden. Schließlich zieht sie ihr Mathebuch heraus und blättert es durch. Meine Güte. Das soll sie alles noch lernen? Das Leben ist ungerecht. Warum lässt man sie nicht einfach Fußball spielen? Sie könnte sich hocharbeiten, bis in die Bundesliga und vielleicht sogar bis in die Nationalmannschaft. Herr Kübel und Frau Wilms haben beide gesagt, aus ihr könnte durchaus was werden, auch so eine starke Stürmerin wie Anja Mittag, die bei der deutschen Nationalmannschaft spielt und schon über 50 Tore geschossen hat.

Ella legt sich auf die Bank und macht die Augen zu.

Sie sieht sich schon im Fernsehen, bei einer Frauen-WM. Sie ist gerade dabei, jede Menge Gegenspielerinnen auszutricksen, rennt aufs Tor zu und verwandelt den Schuss in einen exzellenten Treffer, den nicht mal so eine Bombentorwartin wie Hope Solo aus den USA hätte halten können. Die Zuschauer im Stadion springen auf und rufen ihren Namen: »Ella! Ella! Ella!« Mitspielerinnen reißen sie zu Boden und der Kommentator verkündet, dass sie das sensationellste Tor des Jahres geschossen hat! Ganz allein von ihr vorbereitet und verwandelt! Ella seufzt. Da spürt sie etwas Kaltes im Gesicht. Eine Hundenase schnüffelt an ihr. Im Nu sitzt sie gerade auf der Bank und wischt sich über die Wange. Aus der Traum.

Ella geht schnell noch auf die Toilette. Jetzt weiß sie, was sie sagen wird, wenn der Hempstädt sie fragt, wo sie war. Sie sagt ganz einfach, sie hätte verschlafen. Für eine Stunde braucht sie bestimmt keine Entschuldigung. Aber es wäre trotzdem schön, ihm nicht gleich jetzt zu begegnen. Reicht ja, wenn sie es ihm morgen sagt.

Auf der Toilette trifft sie Bonita. Die will natürlich auch wissen, wo Ella in der ersten Stunde war.

»Hab verschlafen«, sagt sie.

»Glaub ich dir nicht.« Bonita steht vor dem Spiegel und zupft sich den Pony zurecht.

»Warum nicht?«

»Weil dein Bruder um acht in der Schule war.«

»Na und?«, sagt Ella. »Was hat Lino damit zu tun?«

»Ihr frühstückt doch immer zusammen, oder nicht?«

»Ja, schon …«

»Siehste, genau wie bei uns. Ich sitze mit meiner Mutter und meinen Schwestern zusammen am Tisch, wenn wir zur gleichen Zeit zur Schule müssen. Also hast du geschwänzt.«

Ella beißt auf ihre Unterlippe und funkelt Bonita an.

Aber Bonita sagt: »Mensch, guck nicht so böse. Ich verpetz dich doch nicht. Wenn du willst, können wir uns heute Nachmittag treffen, und dann zeig ich dir, was wir in Mathe gemacht haben.«

Plötzlich ist die Luft zum Widersprechen raus. Sie haben auf dem Platz so gut zusammen gespielt, warum soll Bonita ihr nicht auch Mathe beibringen – wenn sie so scharf drauf ist?

»Na gut«, sagt Ella. »Um drei bei mir?«

Punkt drei klingelt es. Bonita hat Äpfel mitgebracht und ihr Fußballalbum. Ella will sich sofort daraufstürzen, aber Bonita ist knallhart: »Erst die Arbeit, dann das Vergnügen«, sagt sie und zieht das Mathebuch aus dem Rucksack. Ella muss eine volle Stunde lang überlegen und rechnen und sich konzentrieren, fünfzehn Minuten länger als eine normale Mathestunde! Bonita scheint Spaß am Quälen zu haben. Wenn sie mal Lehrerin wird, dann gute Nacht!

»Ella, träum nicht«, sagt Bonita in strengem Ton. »Je schneller wir mit den Aufgaben durch sind, desto früher zeige ich dir mein Fußballalbum.«

Endlich hat sie alles geschafft. Ohne Fehler! Und die Textaufgaben waren auch gar nicht so schwer. Sie essen die Äpfel und gehen in Ellas Zimmer.

»Sieht gemütlich aus«, sagt Bonita und lässt sich aufs Bett plumpsen. Sie legt das Album auf ihre Knie.

Ella setzt sich neben sie. Bonita sagt, sie sei auch Bayern-München-Fan, und bestaunt Ellas Fahnen und Schals. Die Tasse auf dem Schreibtisch, in den Bayern-Farben Rot-Blau, findet sie super.

Ella zeigt ihr Autogrammkarten von Manuel Neuer, Mats Hummels, Thomas Müller und Jérôme Boateng.

Bonita zieht ein Hochglanzfoto von Arturo Vidal in Lederhose aus ihrer Mappe, das sie aus irgendeiner Klatschzeitschrift ausgeschnitten hat.

»Das sieht ja voll schräg aus, mit dem Irokesen-Haarschnitt und dem Tattoo am Hals«, sagt Ella.

»Und ist nur noch durch das hier zu toppen – warte mal.« Bonita sucht in ihrer Mappe. Endlich hat sie es gefunden.

Sie reicht es Ella und Ella schreit auf: »Das kenn ich, das kenn ich!« Sie schaut es sich trotzdem noch mal genau an und schüttelt den Kopf: Arjen Robben, der glatzköpfige Holländer in weißer Strumpfhose, unter dem roten Bayern-Trikot.

»Richtig krass ist es erst, wenn seine Strumpfhose grüne Grasflecken hat, so wie hier«, sagt Bonita und kichert.

»Wie kann man nur freiwillig eine weiße Strumpfhose tragen, und das als Profifußballer?«

»Vielleicht hat der eine Rasenallergie.« Sie prusten laut los. Nach einer Weile zeigt Bonita ihr Fotos von Neymar.

»Der Volltätowierte«, sagt Ella. »Der hat das Gesicht seiner Mutter auf dem Bizeps, wusstest du das?«

»Ja, und auf der anderen Seite auf dem Arm prangt seine Schwester.«

»Also ich würde mir kein Bild von meinem Bruder in die Haut stechen lassen«, sagt Ella.

Bonita grinst. »Warum eigentlich nicht, käme bestimmt gut.« Ella boxt ihr leicht in die Seite.

»Guck mal, Messis rechten Arm zieren Blumen und ein Porträt von Jesus.«

»Wie langweilig, da finde ich Neymars Mutter auf dem Bizeps cooler.«

»Boateng hat sich nach der WM von 2014 den WM-Pokal auf den Unterarm tätowiert. Er hat außerdem einen Champions-League-Ball auf dem Ellenbogen.«

»Schick.«

»Und Marco Reus hat sich einen Arm total vollkritzeln lassen. Da steht auch sein Vorname und sein Geburtsdatum drauf: 31. Mai 1989.«

»Wie praktisch«, sagt Ella. »Wenn er das mal vergessen sollte, muss er nur seinen Ärmel hochziehen.«

Sie prusten schon wieder los. Ella kann sich nicht erinnern, wann sie das letzte Mal so gelacht hat. Sie wischt sich über die Augen, holt tief Luft, aber sie braucht Bonita nur anzusehen und schon geht es wieder los.

Sie schauen sich noch die anderen Bilder aus Bonitas Album an. Und dann gibt Ella zu, dass sie Cristiano Ronaldo doch auch toll findet, auch wenn der immer so gorillamäßig tut und sich nach einem Tor vor Freude auf der Brust herumtrommelt, Diamant-Ohrringe trägt und zu jedem Spiel mit einer neuen Frisur kommt.

»Egal«, sagt auch Bonita, jetzt wieder ernst. »Weltfußballer, und das zu Recht. Gar keine Frage.«

Die Mädchen schauen sich noch ein paar Bilder an, dann gehen sie in die Küche und essen erst mal ein paar anständige Schokoladenkekse nach all den Äpfeln.

»Oder willst du etwa noch mehr abnehmen?«, fragt Ella.

»Nö, reicht«, nuschelt Bonita und steckt sich zwei Kekse auf einmal in den Mund.

Beim nächsten Training machen sich Ella und Bonita zusammen warm. Herr Kübel und Frau Wilms sind in einer Besprechung. Malle übernimmt das Kommando. Ella macht es Spaß, mit Bonita zu trainieren. Sie haben viel zu lachen. Malle ermahnt sie, das sei hier kein Kicher-, sondern ein Fußballverein. Woraufhin Bonita kontert: »Das ist hier kein Verein. Das ist eine Schulmannschaft!«

Nach dem Training kommt Bonita mit zu ihr nach Hause. Lino ist wieder nicht da. Nur seine Fußballschuhe. Stehen da, unberührt. Ella würde gern mal wissen, wo er sich rumtreibt. Wenn er doch nur wieder mit ihr reden würde. Sie spürt genau, dass da was im Busch ist. Ob das was mit ihr zu tun hat? Aber vom Grübeln wird nur das Gehirn wund. Ella freut sich, dass Bonita da ist. Dann muss sie wenigstens nicht an Lino denken. Eigentlich wollten sie wieder Mathe üben, aber Bonita kommt nicht vom Spiegel weg. Sie isst einen Apfel. Saft läuft ihr übers Kinn. Sie prustet los, dann macht sie Malle nach, wie er Äpfel isst. Schüttelt sich die Haare ins Gesicht und guckt wie Malle, wenn er über Fußball redet, mit gekräuselter Stirn und großen Augen. Dabei lobt sie die Kraft des Apfels und die Kraft des Fußballs. Ella muss aufpassen, dass sie sich vor lauter Lachen nicht verschluckt. Mit Bonita kann man endlich mal wieder so lachen, dass es wehtut.

Als Ella wieder Luft hat, sagt sie: »Mach mal die Augen zu, ich hab was für dich.« Ella hat das kleine Passfoto von Malle aus dem Rucksack geholt und hält es Bonita vors Gesicht. »Kannst die Augen wieder aufmachen!«

»Oh, là, là!«, Bonita nimmt das Foto in die Hand. »Wen haben wir denn da? Marvin Winter, unser fußballtechnisch gesehen technischster Mann!« Sie prusten beide los, laufen in die Küche und dann geht alles wie von selbst. Erst kritzelt Bonita ihm mit einem Kuli eine Brille, dann malt Ella ihm Hasenzähne.

»Jetzt fehlt nur noch eine Sprechblase«, sagt Bonita und macht sich fast in die Hose vor Lachen. In die Sprechblase schreiben sie: »I love fußballtechnisch Bianca Blume!«

Ella saust aufs Klo. Gerade noch rechtzeitig. Ausgerechnet Bianca Blume! Die immer über andere Mädchen herzieht.

Ella wischt sich die Lachtränen ab, spült und kommt zurück in die Küche.

»Also, von mir aus kann die den Malle haben«, sagt Bonita. »Ich bin nicht mehr in ihn verknallt. Ich find ihn nur knackig zum Angucken und flott auf dem Feld. Aber mehr nicht.«

»Ich bin auch nicht in ihn verknallt«, sagt Ella, aber dann fügt sie schnell noch ein »nicht mehr« hinzu.

Daraufhin legt Bonita den Arm um ihre Schulter und Ella legt ihren Arm um Bonitas Hüfte und dann stiefeln sie Arm in Arm in Ellas Zimmer.

Mit dem Hempstädt gibt es auch keine Probleme mehr, obwohl es erst mächtig danach aussah. Sie hat gesagt, sie hätte neulich verschlafen. Dabei ist sie knallrot geworden und der Hempstädt hat nach der Stunde mit ihr ganz allein geredet und gesagt, er glaube ihr nicht, dass sie verschlafen hätte. Dann wollte er wissen, wie es nun weitergehen sollte, mit ihr und natürlich mit Mathe. Da stand sie ganz schön dumm da und wusste gar nicht, wo sie hingucken sollte, aber zum Glück übt sie ja jetzt regelmäßig mit Bonita Mathe; das hat sie dem Hempstädt auch gesagt.

»Okay«, hat er geantwortet und dass er jedes weitere »Verschlafen« unverzüglich ihren Eltern und der Schulleitung melden würde und sie in der nächsten Mathestunde als Erste an die Tafel zum Vorrechnen komme. Sie könne sich schon mal drauf vorbereiten und sie solle das als Chance ansehen, ihre Gesamtnote zu verbessern.

Und nun sitzt Ella mit Bonita an ihrem Schreibtisch

und wird von ihr getriezt, bis ihr die Zahlen aus den Ohren wieder rauskommen. Diesmal fällt es Bonita schwer, streng zu bleiben. Andauernd fällt ihnen was Lustiges ein und dann albern sie wieder herum, wie neulich mit Malles Passfoto. Das ist jetzt total verkritzelt und liegt in Ellas Fußballmappe.

Wie neuerdings immer kommt Lino erst auf den letzten Drücker zum Abendessen und streitet sich gleich mit Papa. Der will wissen, wo er den ganzen Nachmittag war. Sagt Lino ihm aber nicht. Ella wüsste es auch gern. Vielleicht würde sich dann die Stimmung hier wieder ändern. So langsam nervt es, dass Lino sie wie Luft behandelt. Oder noch schlimmer: wie verpestete Luft. So guckt er nämlich jedes Mal, wenn er sie sieht.

Montag nach der Schule ruft Bonita an.

»Ella, komm schnell zu mir! Ich muss dir dringend was zeigen!«

Ella geht sofort los. Bonita kommt ihr schon an der Bushaltestelle entgegen.

»Ich weiß jetzt, wo dein Bruder immer hingeht. Komm mit!«

Sie steigen in den nächsten Bus und fahren fünf Stationen in die Stadt, bis zum Naturkundemuseum.

»Willst du etwa ins Museum?«

»Wart's ab«, sagt Bonita und geht mit Ella aufs Museum zu. An der Mauer vor der Treppe sind Skateboard-Fahrer. Einige hechten mit ihren Brettern über den Mauervorsprung, andere sausen über die glatten Steine bis zur Treppe. Ein Junge mit Piraten-Bandana und nacktem Oberkörper rast sogar die Treppe runter.

Bonita zieht Ella hinter den Kiosk auf der anderen Straßenseite. »Guck dir die Jungs mal genau an«, sagt sie. Ella reckt den Kopf.

»Das ist ja Lino!«, ruft sie.

Bonita nickt. »Irre, was?«

Ella kann es nicht glauben, was sie doch so deutlich vor sich sieht: Lino auf dem Skateboard! Und er beherrscht sein Brett schon ganz gut, kommt mit einem Affenzahn um die Museumsecke, springt hoch und schnappt sich das Brett mit einer Hand.

»Als würde es ihm an den Füßen kleben – genau wie der Ball«, sagt Bonita.

»Aber seit wann fährt er denn Skateboard? Und warum erzählt er uns nichts davon?« Ella will sofort zu ihm gehen, aber Bonita zieht sie zurück.

»Lass ihn lieber.« Sie schaut Ella an. »Ich muss nach Hause, auf meine kleine Schwester aufpassen. Kommst du mit?«

Ella schaut noch mal über die Straße zum Museum und geht dann mit Bonita zurück zur Bushaltestelle. Ihr Bus steht schon da, sie müssen laufen und drängeln sich durch die hintere Tür.

»Er hat vor Jahren mal ein Skateboard gekriegt. Ich dachte, das liegt im Keller. Dabei hat er es in seiner Fußballtasche«, sagt sie. »Und er sagt keinen Ton, dieser Idiot!« Ella beißt sich auf die Unterlippe. »Meine Eltern machen sich schon Sorgen.«

Sie schlendern zu Bonita nach Hause. Bonitas kleine Schwester öffnet ihnen die Tür.

»Tach«, sagt sie. »Ich bin Leonie«, und gibt Ella die Hand. Sie hat vier abstehende Zöpfe. »Ich und Mama haben Waffeln gebacken«, sagt sie. »Kommt rein.«

Bonitas Mutter ist in Eile. Sie trinkt einen Espresso im Gehen, stellt den Puderzucker raus und wünscht den Mädchen einen »guten Appetit!«. Leonie verteilt die Waffeln auf die Teller und plappert, eigentlich hätte sie die ganz allein gebacken, mit Vollkornmehl und Zimt und Zucker, Mama hätte nur den Mixer gehalten. Und ob sie einen Erpresso dazu trinken wollen.

»Das heißt Espresso«, sagt Bonita und lacht.

»Ich hätte gern so einen Erpresso«, sagt Ella.

Leonie strahlt Ella an, holt drei kleine Tassen aus dem Schrank und stellt sie auf den Tisch. Ihre Zöpfe wippen dabei; man hört sie atmen. »Wir haben heute nur noch weißen Erpresso, meine Dame«, sagt sie und füllt Milch in die Tassen.

»Wir lieben weißen«, sagt Bonita.

Leonie siebt jedem Puderzucker über die Waffeln. Der Tisch kriegt auch was ab. Dann sitzen sie da und lassen es sich schmecken.

»Weißt du, was ich glaube?«, sagt Bonita. »Ich meine, wegen deinem Bruder. Der erzählt keinem, dass er jetzt Skateboard fährt. Ich glaube, er macht das, weil er sonst nichts mehr hat.«

Ella bleibt die Waffel im Hals stecken. »Meinst du etwa, ich hätte ihm das Fußballspielen genommen?«

»Was ist ein *Skätbot?*«, fragt Leonie. Sie hat eine Puderzuckerschnute.

»So ein Brett mit Rädern«, sagt Bonita und küsst ihre Schwester. Sie guckt Ella an. »Vielleicht hast du ihm wirklich das Fußballspielen verleidet.«

Ella legt die Waffel auf den Teller. Sie hat keinen Appetit mehr. »Aber ich kann doch nichts dafür!« Sie will zu Lino, steht auf und ist schon im Flur. Leonie und Bonita kommen hinterher.

»Warum willst du denn schon gehen?«, fragt Leonie. »Haben dir meine Waffeln nicht geschmeckt?«

Ella steht nur da. Es hat ihr die Sprache verschlagen.

»Es ist wegen ihrem Bruder«, sagt Bonita.

»Hat sie ihm den Fußball weggenommen?«

»Nun lass uns mal in Ruhe, Leonie. Ich erklär dir das später.«

Sie gehen in Bonitas Zimmer. Leonie steht in der Tür und versucht, sich mit der Zunge den Zucker von den Wangen zu schlecken.

»Was soll ich denn jetzt machen?«, fragt Ella.

»Also, ich würd Lino einfach in Ruhe lassen. Der kommt schon von selber wieder an. So ist das mit Evelina und mir auch, wenn wir uns gestritten haben.«

»Und mit mir auch?«, fragt Leonie.

»Ja«, sagt Bonita. »Mit dir auch.«

»Ich kann dir zwei Freundschaftsbänder flechten und dann gibst du deinem Bruder eins und schon seid ihr wieder Freunde.«

Ella seufzt. Wenn Bonitas kleine Schwester nicht aufhört, sie so herzensgut anzugucken, fängt sie gleich noch an zu heulen.

Am nächsten Morgen sitzt Ella mit Lino am Tisch. Er kippelt nicht, er sagt nichts, füllt sich sein Schälchen voll, ohne zu kleckern, und ärgert sie nicht mit den Crunchys. Mama stellt den Föhn aus. Ella starrt ihren Bruder die ganze Zeit an. Er sieht in letzter Zeit anders aus, wäscht sich andauernd, gelt sich zwar nicht mehr die Haare, dafür föhnt er sich mit Mamas Föhn den Pony ins Gesicht. Jetzt zupft er auch schon wieder daran herum, steht auf, als Mama an den Tisch kommt, und verschwindet im Bad. Mama sagt, Marion meint, er sei vielleicht verliebt und deshalb soll Papa ihn nicht so bedrängen. »Der Junge wird zwölf«, sagt sie. »Da braucht er ein bisschen Freiraum!«

»Na klasse«, sagt Ella. »Lino kriegt Freiraum und ich Hausarrest.«

Immerhin ist er für die Taschentuchaktion noch nicht bestraft worden. Ella zieht einen Flunsch. »Außerdem werde ich in zwei Wochen elf und dann sind wir erst mal drei Wochen zusammen elf, bevor er zwölf wird.« Für Mama scheint das nichts Besonderes zu sein, aber für Ella sind die drei Wochen, in denen sie genauso alt ist wie Lino, die wichtigsten im ganzen Jahr. »Ich brauche auch mehr Freiraum!«

Lino kommt aus dem Bad, sein Pony hängt ihm in die Augen.

»Schick«, sagt Mama.

Ella guckt Lino herausfordernd an.

»Ist was?«, fragt Lino. Er schaut Ella an, ohne eine Miene zu verziehen. Keine Wut, kein Ärger, aber auch kein Interesse in seinem Blick.

Das Telefon klingelt. Mama ruft: »Wenn das die Schubert ist, sagt bitte, ich bin schon unterwegs!«

Es klingelt und klingelt.

Ella geht zum Telefon. Es ist nicht Frau Schubert aus dem Büro, es ist Marvin Winter.

»He«, sagt er. »Wir haben heute ein Sondertraining. Nimm deine Fußballsachen mit. Wir treffen uns gleich nach der Schule.«

Ella kann gar nichts fragen, so schnell hat er schon wieder aufgelegt.

Was für ein Sondertraining?

»Wer war das?«, ruft Mama und auch Lino schaut sie an.

»Sag ich nicht.« Wenn Lino so geheimnisvoll tut, kann sie das auch!

Lino und Ella gehen wie jeden Morgen getrennt zur Schule. In der Klasse ist große Aufregung. Malle ist umringt von Spielern und Spielerinnen von Victoria. Er sagt, Herr Kübel hätte gestern Abend noch ein wunderbares Spiel organisiert, gegen Bornsloh 03. »Die haben in der Schülerliga schon ziemlich viele Punkte. Fußballtechnisch gesehen ist das *die* Chance für uns! Bornsloh wird unser erster Gegner im Spiel um den Schulpokal.

Wir müssen unbedingt gewinnen! Deshalb schieben wir heute noch ein Sondertraining ein.«

Malle geht, Herr Hempstädt kommt und holt Ella gleich an die Tafel. Bei der ersten Kettenaufgabe kann sie sich noch nicht konzentrieren. Hat immer noch Linos Blick vor Augen, hört Mamas Föhn, das Telefonklingeln, Malles Stimme …

»Hallo!«, sagt Herr Hempstädt. »… ist hier jemand zu Hause?«, und klopft an ihre Schulter.

Und dann nimmt sie die Kreide und fängt an zu rechnen. Herr Hempstädt guckt ihr zum Glück nicht auf die Finger. 18 mal 4 sind 72, minus 19 sind 53, mal 9 – Moment, das muss sie hier in der Ecke schriftlich machen …

Als Herr Hempstädt sie lobt, bekommt sie rote Wangen. »Du hast dich ganz toll konzentriert und keinen Fehler gemacht. Ich würd mal sagen, das ist eine glatte Eins«, sagt er und nimmt ihr die Kreide aus der Hand. Jetzt kriegt Ella auch noch rote Ohren. Bonita zwinkert ihr zu, als sie auf ihren Platz geht.

In der Pause fragt Frau Wilms herum, ob alle zum Extratraining kommen, ob die Eltern Bescheid wissen, der Hort? Ja, ja, es ist alles geregelt.

Das Training beginnt um halb zwei. Sie üben Dribbeln und Ballannahme und schießen aufs Tor. Das Gleiche noch mal am Mittwoch, und am Donnerstag gibt es schon ein Probespiel. Dabei geht alles schief und dann kotzt Leni auch noch mitten auf das Spielfeld.

»Muss was Falsches gegessen haben«, sagt sie und krümmt sich. Frau Wilms führt sie zum Spielfeldrand und tupft ihr mit kalten Tüchern die Stirn. Herr Kübel kratzt mit einem Stöckchen das Erbrochene aus dem Rasen.

Donnerstagabend. Ella sitzt mit ihren Eltern am Tisch, Lino ist auch gerade nach Hause gekommen und noch im Bad, da klingelt das Telefon.

»Ist der Anrufbeantworter nicht an?«, fragt Mama.

»Anscheinend nicht«, sagt Papa. Es klingelt schon das fünfte Mal.

»Wenn das die Schubert ist ...«, sagt Mama, aber Papa sagt, er geht nicht ran. Er hat Feierabend.

Ella steht auf – wenn sich sonst keiner bemüht. Frau Wilms ist am Apparat. Ihre Stimme klingt aufgeregt.

»Stell dir vor«, beginnt sie, »Malle hat sich den Arm gebrochen.«

Ella muss sich setzen. »Wie ist denn das passiert?«

»Er ist mit dem Fahrrad gestürzt. Der Bruch ist nicht so schlimm, aber spielen kann er die nächste Zeit nicht. Und Leni hat einen Magen-Darm-Infekt. Das heißt, unser Libero fällt aus und das Mittelfeld ist auch geschwächt, denn Rufus muss zu seiner Oma nach Holland, die wird siebzig. Das heißt, wir müssen die ganze Mannschaft umstellen.«

Ella hört einfach nur zu. Ihr Mund steht offen. In ihrem Kopf dreht sich alles. – Malle hat sich den Arm gebrochen. So ein Mist aber auch! Malle ist nicht zu ersetzen!

Frau Wilms sagt, jeder soll sich Gedanken machen, wie man die Mannschaft am besten aufstellen kann. Morgen sei das letzte Training vor dem Spiel. Bis dahin müssen sie eine Lösung haben. »Eine, die funktioniert!«

Als Ella sich wieder an den Tisch setzt, kommt Lino aus dem Badezimmer. Haare frisch gewaschen, zurückgekämmt. Er riecht nach Shampoo und lässt sich auf den Stuhl fallen. Papa guckt, als würde er gleich noch ein einziges Mal versuchen, ihn nett zu fragen, wo er nachmittags immer hingeht, bevor er sich seinen Sohnemann zur Brust nimmt. Schließlich hat Papa schon vor ein paar Tagen angekündigt, seine Geduld sei langsam, aber sicher am Ende.

Lino setzt sich, Papa holt Luft für die richtigen Worte, da weiß Ella plötzlich, wer die Mannschaft retten kann: Lino natürlich, wer sonst?!

Das ist eine super Idee, Lino zu fragen«, sagt Bonita und legt einen Arm um Ella. Sie gehen zusammen zu Bonita nach Hause, es ist niemand da. Sie verschwinden in Bonitas Zimmer.

»Als Erstes müssen wir mit Malle darüber reden«, sagt Ella.

Bonita holt das Telefon.

»Ruf du ihn an«, sagt Ella.

Bonita wählt, wartet, endlich kommt Malle an den Apparat. Bonita sagt nicht mal »Hallo«, sie platzt gleich raus mit der Idee. Es wird still am Telefon. Bonita schaut auf den Hörer. »Malle? Bist du noch dran?«

Ella lauscht.

»Ja«, sagt Malle. »Klar bin ich noch dran.« Mehr sagt er nicht. Bonita verdreht die Augen. Ella kann Malle atmen hören. Endlich sagt er: »Fußballtechnisch gesehen ist die Idee nicht schlecht. Aber ob Lino da mitmacht?

Ich würde es auch nicht für die Mannschaft tun, gegen die ich gerade zweimal verloren habe.«

»Ja, du«, sagt Bonita.

»Was willst du damit sagen?«

»Nichts«, sagt Bonita und schluckt. »Du musst ihn darum bitten.«

»Ich??? – Lino bitten? Habt ihr sie noch alle?«

»Bitte«, sagt Bonita. »Ist gar nicht schwer.«

»Ja, bitte, Malle!«, ruft Ella in den Hörer.

»Hört mal, ihr beiden«, sagt Malle. »Ich rede schon länger nicht mehr mit Lino, wenn es nicht sein muss.«

»Aber es muss sein«, sagt Bonita. »Und was früher bei den Südtigern zwischen euch war, ist doch längst vorbei.«

»Genau!«, ruft Ella dazwischen. »Man muss auch verzeihen können.«

Den Satz hat sie gestern Abend in einem Film gehört, bevor sich ein Pärchen endlich in die Arme fiel.

Es ist still am Telefon. Nur Malles Atmen. Hört sich ein bisschen an wie Lino, wenn er aufgeregt ist. Bonita wird jetzt forscher, setzt Malle unter Druck.

»Als Kapitän musst du als Erstes an das Wohl deiner Mannschaft denken. Und wenn du nicht den Mumm hast, Lino zu fragen, dann bist du auch kein richtiger Kapitän!«

Das sitzt! Malle sagt, er will erst mal mit den Trainern darüber reden, bevor er zu Lino geht.

»Aber denk dran«, sagt Bonita. »In zwei Tagen ist das Spiel!«

Beim Training sagt Herr Kübel: »Wenn Lino dabei ist, könnten wir mit zwei Sturmspitzen spielen. Ella bleibt Mittelstürmerin und Lino platzieren wir rechts außen …«

»Nein«, sagt Ella. »Es ist besser, wenn Lino im mittleren Mittelfeld ist oder noch besser im Sturm. Carmen könnte in die linke Spitze. Sie ist schnell und wendig, wenn sie die richtige Strumpfhose anhat.« Das war ein kleiner Scherz. Bonita grinst. Malle steht neben ihnen, guckt von einer zur anderen mit seinem Gipsarm und kapiert nichts. Er fasst sich ans Kinn, als hätte er dort schon einen Bart. »Ja«, sagt er. »Fußballtechnisch gesehen brächte das Belebung ins Sturmspiel. – Wenn Lino mitmacht.«

»Man wird ihn wohl fragen müssen«, sagt Herr Kübel später beim Training und schaut Malle auffordernd an.

»Ihr seid schließlich die dicksten Freunde gewesen«, sagt Frau Wilms. Malle kaut auf der Unterlippe herum und zuckt die Schultern.

Die Zeit rast. Ella brummt der Kopf. Wenn Malle sich nicht endlich aufrafft und Lino fragt, brauchen sie gar nicht auflaufen. Herr Kübel hat die Mannschaft bereits angemeldet. Die Regionalzeitung weiß auch schon Bescheid und schickt einen Reporter. Es gibt kein Zurück mehr.

»Lass uns nachher mit Malle zum Museum fahren«, sagt Bonita am Nachmittag. »Vielleicht ist es leichter, Malle spricht dort mit ihm. Bei seiner neuen Clique.«

Ella hat jetzt schon Herzklopfen. Wenn das nur gut geht!

Malle, Ella und Bonita steigen in den Bus. Ella und Bonita sitzen auf einer Zweierbank. Malle sitzt ihnen gegenüber und starrt aus dem Fenster. Noch bevor sie aussteigen, kann Ella Lino schon sehen. Er ist mit seinem Brett auf der riesigen Freitreppe auf der Westseite. Auf der Südseite skaten die anderen.

»Ich trau mich nicht«, sagt Ella und bleibt am Straßenrand stehen.

»Dann trau ich mich«, sagt Bonita und zieht sie bei Rot über die Straße. Malle schlendert hinter ihnen her. Ein Auto hupt ihn an, er tut so, als sei es ihm egal.

Auf der Mauer sitzen ein paar Mädchen mit Sonnenbrillen und gucken den Jungs zu. Bianca Blume, die Lästertante, ist auch dabei. Der Junge mit dem nackten Oberkörper und dem Bandana schlägt Haken wie ein Hase, ohne das Brett von den Füßen zu verlieren. Malle hat eine Hand in der Hosentasche, seinen Gipsarm trägt er in einer Schlinge. Er geht hinter den Mädchen her, als hätte er nichts mit ihnen zu tun. Ella guckt sich ein paarmal um, aber das treibt ihn auch nicht schneller vorwärts. Lino ist so mit seinen Stufen beschäftigt, dass er sie noch gar nicht gesehen hat.

»Sieht süß aus, dein Bruder«, sagt Bonita Ella ins Ohr. »Coole Frisur.«

Ella wird ganz hibbelig. Sie kann Malle nicht länger im Nacken haben und bleibt stehen, bis er sie einholt. Irgendwie sieht er hier auf dem Beton verloren aus.

Der Halbnackte bremst vor ihnen ab und schnappt sich sein Brett mit links.

»Hey«, sagt er zu Malle und zu Bonita: »Bist du nicht die Torwartbraut?«

»Ich bin keine Braut«, sagt Bonita und kann richtig schön böse durch die langen Wimpern gucken.

»Mann, ich hab dich gesehen. Du spielst cool. Ich war auch mal im Tor. Ich weiß, wovon ich spreche.« Er grinst Malle an. Malle sagt nichts.

»Wo hast du mich gesehen?«

»Beim Training. Ich wohn gegenüber vom Fußballplatz.« Er legt den Kopf schräg und blinzelt Bonita an.

»Und warum spielst du kein Fußball mehr?«

Er zuckt die Schultern. »Mit meinem Board hab ich mehr Spaß.« Er lässt das Brett auf den Boden fallen und springt auf, wiegt sich von einer zur anderen Seite. Auf der Mauer fangen die Mädchen an zu tuscheln; Bianca Blume guckt ziemlich belämmert, man sieht ihr an, wie sie es findet, dass er bei Bonita und Ella rumturnt und nicht bei ihr.

Der Junge lässt die Bauchmuskeln in der Sonne zucken; seine gebräunte Haut glänzt. Malle guckt auf seine Armbanduhr.

»Wir wollten mal kurz was mit ihrem Bruder besprechen«, sagt Bonita und zeigt mit dem Daumen auf Ella.

»Lino ist dein Bruder? Dann bist du die taffe Mittelstürmerin?«

Ella weiß nicht, was sie sagen soll. Bonita nickt heftig.

»Lino gibt ja mächtig mit dir an!«, sagt der Junge und betrachtet Ella von oben bis unten.

»Er gibt an? Mit mir?« Ella glaubt, sich verhört zu haben.

»Und wie! Ich hab schon zu ihm gesagt, er soll doch mal seine kleine Schwester mitbringen!« Der Junge grinst bis an die Ohren. Er dreht sich um und pfeift auf zwei Fingern. Lino schaut zu ihnen herüber, nimmt sein Brett und kommt die Treppen hoch, hält sich die Hand vor die Augen, damit er besser gegen die Sonne gucken kann. Und dann stehen sie voreinander. Ella, Bonita, Malle, der nackte Oberkörper und Lino. Ein paar andere recken die Hälse, kommen dazu.

»Hey, Leute, Lino hat seine Fußballschwester mitgebracht«, sagt einer.

»Hab ich nicht«, sagt Lino.

»Wow!«, sagt ein anderer, »das ist sie also!«, und drängelt sich nach vorn.

»Was macht ihr denn hier?« Lino guckt mit zusammengekniffenen Augen zu Malle, auf dessen Gipsarm, dann zu Ella. Er hat eine knallrote Birne. Ella auch. Aber sie steht ja auch genau in der Sonne. Malle kriegt immer noch keinen Ton raus.

»Wir müssen mit dir reden«, sagt Bonita und stößt Malle einen Ellenbogen in die Seite. Malle zuckt zusammen und sagt immer noch nichts. Aber dann platzt Bonita einfach los: »Wir wollten fragen ...«, sie schaut zu Ella, dann zu Malle, »... ob ihr uns Lino für ein superwichtiges Spiel ausleihen könntet. Es ist ganz dringend! Wir brauchen ihn morgen Nachmittag.«

Ella guckt auf ihre Füße. Sie würde am liebsten im Boden versinken oder schmelzen, wie Wassereis. Heiß genug ist ihr ja. Ella rechnet damit, dass Lino jeden Moment abhaut oder Malle sein Brett an den Kopf wirft. Aber Bonita redet und lacht, blinzelt nebenbei Bianca Blume zu; und niemand rennt weg. Dann sagt der Junge mit dem freien Oberkörper: »Ich heiß übrigens Jurek«, und stellt seine Kumpels vor. Er dreht sich zu Lino um.

»Klar springst du da ein, oder?« Er stupst mit der Schulter gegen Linos Schulter. Jurek ist einen ganzen Kopf größer als Lino. »Wir kommen auch mit und feuern dich an. Dich und deine toughe Schwester und die Torwartbraut.« Er zwinkert Bonita zu und zieht eine Augenbraue hoch. »Und was für eine Rolle spielst du, Alter?« Er deutet mit dem Kinn auf Malles Gipsarm.

»Ich bin der Kapitän«, sagt Malle.

Alle lachen. »Ahoi!«, ruft jemand.

»Verletzt, wie du siehst.« Malle hebt seinen Gipsarm hoch. »Ich wollte Lino bitten, dass er für mich einspringt.« Er schaut Lino in die Augen.

Ellas Herz klopft im Hals. Na endlich! Einen Moment lang sieht es so aus, als würde Lino sich umdrehen und abhauen, aber er bleibt, rollt mit einem Fuß sein Brett hin und her. Die Arme vor der Brust verschränkt.

»Wieso fragst du ausgerechnet mich?«

Malle holt tief Luft.

»Weil nur du die Mannschaft retten kannst.«

»Hoho!«, ruft einer und boxt gegen einen unsichtbaren Piraten.

»Große Worte«, sagt Lino.

»Großes Spiel«, sagt Malle. »Du kennst die Gegner: Bornsloh 03.«

Lino lässt sein Brett hochflutschen, beinahe wäre es an Malles Gipsarm geknallt. Lino stemmt es sich in die Hüfte wie einen Ball.

»Das wär die Gelegenheit«, sagt Malle. »Wir könnten es ihnen endlich zeigen! Wir haben eine tolle Mannschaft. Mit dir schaffen wir das!«

»Jau!«, ruft einer. »Macht sie alle!«

Jurek sagt: »Was gibt es da zu diskutieren, Lino? Du machst mit und wir sehen endlich mal wieder ein super Spiel.«

»Logo!«, rufen die anderen. »Wir kommen alle mit. Morgen geht's rund. Könnt ihr nicht noch ein paar Spieler gebrauchen? Ich hätte auch mal wieder Lust, einen Ball zu treten.«

Sie knuffen Lino in die Seite, tätscheln ihn und feuern ihn jetzt schon an. Er sagt nicht Nein; er lächelt sogar ein bisschen.

»Das ging ja einfacher als befürchtet«, sagt Bonita auf dem Rückweg. Ella hat weiche Knie und einen trockenen Hals.

»Er hat noch nicht Ja gesagt«, sagt sie. »Ich trau mich gar nicht nach Hause.«

»Wird schon nicht so schlimm werden«, sagt Malle. »Ging doch ganz easy.« Das muss er gerade sagen!

»Du hast gut reden. Du hast deinen Teil schon hinter dir!«

Bonita legt einen Arm um ihre Freundin. »Wird sich schon einrenken«, sagt sie und: »Malle hat das echt toll gemacht.« Sie schielt zu Malle. »Na ja, mit anfänglicher Ladehemmung.«

Malle wird rot und die Mädchen kichern. Malle fängt an, über das Spiel zu reden. Er geht alles durch. Die Mädchen verdrehen die Augen.

»Also fußballtechnisch ist Lino …«

»Halt doch mal deine Klappe, Malle!« Bonita unterbricht ihn plötzlich. »Ich kann dein *fußballtechnisches* Gelaber nicht mehr hören.«

Bevor Malle noch was sagen kann, kommt der Bus. Malle ist beleidigt. Im Bus setzt er sich zwei Reihen hinter Ella und Bonita. Er tut, als gehöre er nicht zu ihnen. Als in der letzten Reihe zwei Sitze frei werden, gehen Ella und Bonita dorthin und kitzeln ihn von hinten. Erst ist er sauer, dann muss er lachen. Als sie aussteigen, gehen sie zu dritt nebeneinanderher.

Am Abend kommt Lino noch später als sonst. Papa ist zum Glück nicht da und Mama telefoniert mit Frau Schubert. Sie hat Ella schon zweimal ein Zeichen gegeben, dass sie sich das Essen in der Mikrowelle warm machen soll. Ella hat keinen Hunger. Sie hat einen Kloß im Hals. Der geht auch mit viel Wasser nicht weg, und als sie die Haustür hört und Lino endlich kommt, wird der Kloß noch dicker.

»Da habt ihr euch ja was ausgedacht«, sagt Lino, aber er sagt es ganz normal. Nicht laut, nicht böse, nicht gehässig. Er wirft seine Sporttasche in die Ecke und geht in die Küche, nimmt sich die Milch aus dem Kühlschrank und fragt: »War das deine Idee?«

Ella schüttelt den Kopf, dann nickt sie, dann schüttelt sie wieder den Kopf und sagt: »Doch!«

Lino dreht sich zu ihr um. Ihr wird ganz schummrig unter seinem Blick. »Und woher weißt du, dass ich am Museum skate?«

»Bonita hat dich gesehen.«

Er trinkt das Glas Milch in einem Zug aus.

»Das ist jetzt mein Sport«, sagt er und wischt sich über den Mund. Seine Augen funkeln. »Skaten macht tierisch Spaß! Und die Jungs sind auch cool.«

»Ja«, sagt Ella. »Und wir brauchen dich ja auch nur morgen ...«

»Warum fragt ihr nicht jemand anders? Warum ausgerechnet mich?«

»Weil du der Beste bist«, sagt Ella leise.

»Ach so?«, sagt Lino.

»Natürlich. Und das wissen deine neuen Kumpels auch, sonst hätten sie ja nicht gleich für dich zugesagt. Und sie kommen sogar!«

»Und was sagen eure Trainer dazu?«

»Wir brauchen dich ganz dringend, Lino!«

»Ach, auf einmal!«

»Lino, bitte.« Ella fasst ihn an den Arm, aber er schüttelt sie ab.

»Und welche Position würde ich spielen?«

»Im Sturm.« Ella schluckt. »Mit mir.«

Lino kaut auf der Unterlippe herum. Mama ist fertig mit Telefonieren und kommt in die Küche. Schaut von einem zum anderen und holt tief Luft.

»Habt ihr euch endlich wieder vertragen?«, fragt sie. »Na prima, dann können wir ja jetzt essen. Papa ist beim Chor. Es gibt Spaghetti.«

»Ich geh erst mal duschen«, sagt Lino.

Am Abendbrottisch ist es mucksmäuschenstill, man hört sogar die Backofenuhr ticken. Alles, was Mama fragt, wird nur mit Ja oder Nein beantwortet oder gleich ignoriert.

»Na, ihr seid ja wieder gesprächig«, sagt Mama und lobt ihr Essen selbst. Beim Tischabräumen müssen beide mithelfen. Wortlos klappern die Teller, rasselt das Besteck. Mama legt den Parmesan in den Kühlschrank, sagt: »Dann unterhalte ich mich eben selbst.« Sie stellt das Radio an. Ella geht in ihr Zimmer. Lino in seins.

Abends, im Bett, kann Ella nicht einschlafen. Sie lauscht den Autos auf der Straße nach, hört Fernsehstimmen aus dem Wohnzimmer. Aus Linos Zimmer kommen keine Geräusche. Schläft er etwa schon?

Ob er wirklich mit ihr angegeben hat? »Toughe Mittelstürmerin«, hat Jurek gesagt. Ob Lino wirklich so von ihr geschwärmt hat? Sie hat Lino noch nie schwärmen hören. Immer nur meckern. Er hat über seine besten Spieler geschimpft. Deshalb hatte Malle auch als Erster die Schnauze voll. Aber in Linos neuer Clique scheint er nicht so viel zu sagen zu haben. Da ist dieser Jurek der Chef, eindeutig, und es scheint Lino gar nicht schlecht zu gehen, wenn mal jemand anders bestimmt. Es macht ihn irgendwie sanfter.

Ella dreht sich von einer Seite zur anderen. Sie kann einfach nicht einschlafen. Und jetzt fängt es auch noch an zu regnen! Wassertropfen prasseln gegen die Scheibe. Wenn sie die Augen zumacht, sieht sie Lino noch auf der Museumstreppe, völlig ins Üben vertieft.

Sie wirft die Decke zurück, schleicht sich aus dem Bett, aus dem Zimmer, geht auf Zehenspitzen über den Flur, lauscht an Linos Tür. Nichts. Kein Geräusch.

Sie würde sich gern zu ihm ins Bett kuscheln. Das hat sie schon lange nicht mehr gemacht. Früher hat er sie immer beschützt, ihr großer Bruder, vor Geistern und Vampiren, oder er hat versucht, ihr selbst in den Hals zu beißen, bis sie völlig vollgesabbert war und beide vor Lachen erschöpft waren. Lange her.

Ella guckt durchs Schlüsselloch. Zugeklebt. Vorsichtig legt sie die Hand auf die Klinke. Das Eisen ist kühl in ihrer Hand. Sie bekommt eine Gänsehaut. Und Herzklopfen. Sie lässt die Klinke wieder los und huscht zurück in ihr Zimmer.

Der Himmel ist so grau wie die Straße. Es hat die ganze Nacht geregnet. Ella konnte kaum schlafen, wie auch, vor so einem großen Spiel, wenn noch nicht mal geklärt ist, wer auf welcher Position spielt und ob Lino nun einspringt und ob nicht der ganze Platz unter Wasser steht.

Jetzt ist es kurz nach zwölf, der Platz steht nicht unter Wasser, ist aber sehr aufgeweicht. Das wird auf jeden Fall eine Schlammschlacht werden. MM Victoria probiert in der Turnhalle die neuen Positionen aus, um 14 Uhr soll das Spiel beginnen.

Bonita geht ins Tor und Ella spielt als Mittelstürmerin. Das ist klar. Sonst ist nichts klar, denn Lino ist noch nicht da. Ella hat ihn am Morgen nicht gesehen und sich nicht getraut, in sein Zimmer zu gehen, um ihn zu wecken.

Malle fuchtelt mit seinem Gipsarm zwischen den

Spielern herum. Er will unbedingt, dass Carmen mit Ella im Sturm spielt – wenn Lino nicht kommt. Herr Kübel findet, José wäre da besser. Ella versucht, den Ball auf dem Fuß zu behalten, aber er fällt ihr andauernd runter. Ihre Beine fühlen sich taub an, wie eingeschlafen, und auf den Ball konzentrieren kann sie sich auch nicht. Die Turmuhr schlägt halb eins, von Lino keine Spur. Wutschauer rieseln über Ellas Nacken. Kann man sich auf den Mistkerl wirklich nicht verlassen?

Um Viertel vor eins geht die Tür zur Turnhalle auf und Lino kommt rein, schnappt sich einen Ball und fängt gleich an, sich warm zu machen. Herr Kübel, Frau Wilms und Malle nähern sich ihm langsam, als wäre er eine bissige Hyäne. Ellas Herz klopft wie verrückt. Am liebsten würde sie vor Freude die Arme in die Luft reißen und laut schreien. Aber immer schön cool bleiben, sonst bildet sich der Affe noch was ein.

»Hey, Lino, das ist ja echt riesig von dir, dass du gekommen bist«, sagt Frau Wilms und der Kübel grummelt auch irgendwas. Sie schütteln sich die Hände. Dann stehen sich Lino und Malle gegenüber und geben sich auch die Hand.

Gott sei Dank!

Ella kriegt mit, wie Malle ihm die Mannschaftsaufstellung erklärt.

»Diesmal machen wir sie fertig«, sagt Lino nur und blinzelt zu Ella rüber. Ella tut so, als wäre sie mit dem Ball beschäftigt und hätte nichts gehört.

Herr Kübel läuft wie ein aufgescheuchtes Huhn von einem zum anderen und gibt die letzten Anweisungen. In einer halben Stunde werden die Gäste erwartet – oder vielmehr die Gegner.

»Die haben fußballtechnisch alles drauf«, wiederholt Malle wieder und wieder, »und sind mit allen Wassern gewaschen. Die gucken Trainingsvideos und kennen alle Tricks. Der Libero ist sogar die letzten drei Spiele gesperrt worden, weil er einer Gegenspielerin ins Gesicht gespuckt hat.«

»Nun mach dir nicht ins Hemd«, sagt Lino. »Wir spucken zurück!«

Er grinst Ella an. Nur kurz, aber immerhin. Ella rast durch die Halle und muss jetzt erst mal ein Tor schießen vor lauter Freude. Den Ball kann selbst Bonita nicht halten.

»Kinder, es nützt überhaupt nichts, nervös zu werden«, sagt der Kübel und kaut auf seiner Trillerpfeife herum. »Wir müssen Ruhe bewahren und vor allem: zusammenhalten! Dann sind wir gut! Mit Lino und Ella im Sturm und der Viererkette in der Abwehr kann uns überhaupt nichts passieren!«

»Ich bin nicht nervös«, sagt Ella. »Ich freue mich!« Und dann fegt sie noch mal los und schießt ein Tor.

Sie solle sich nicht so verausgaben, sonst habe sie gleich keine Kraft mehr, sagt Frau Wilms und verteilt Müsliriegel. Alle rufen: »Vic-to-ri-a!, Vic-to-ri-a!«, außer Lino, aber wenigstens grinst er ein bisschen.

»Warum spielen wir bei dem Regen eigentlich nicht in der Halle?«, fragt Ranja, die sich extra Locken in die Haare gemacht hat.

»Bist du aus Zucker, oder was?«, stichelt der dicke Mustafa, der eh schon einen Wet-Look hat.

Frau Wilms seufzt. »Dass es aber auch ausgerechnet heute so regnen muss!«

Um kurz vor zwei kommen die Gäste, im weißen Mannschaftsbus mit roter Schrift. *Keine Medizin ist bitter bei Apotheker Doktor Ritter* steht groß auf der Seite. Die Spieler und Spielerinnen sehen auch aus wie Apotheker, ganz in Weiß. Sie beginnen sofort, in ihren wasserdichten Sport-Regenjacken ein paarmal um den Platz zu traben.

Victoria drängelt sich unter dem Vordach der Turnhalle eng aneinander, Lino huscht rüber zum Schuleingang, da stehen seine Skaterkumpels. Sie haben Kapuzen auf und ihre Bretter dabei und reimen laut mit Doktor Ritter.

Der Schiedsrichter, ein Mann aus Rickenheim, kommt mit dem Fahrrad und ist jetzt schon pitschnass. Er lächelt selig und sagt: »Ist das nicht ein herrlicher, warmer Juniregen! Das wird meinem Garten guttun.«

Und dann ist es drei Minuten vor zwei und alle traben zum Fußballplatz. Jasmin, das Maskottchen, mit rosa Rock und Glitzer-Gummistiefeln. Es sind ziemlich viele Zuschauer da, mit Regenschirmen und Regenjacken. Ella entdeckt ihre Eltern. Das ist ja ein Ding! Die waren noch nie auf einem Fußballplatz. Die wissen nicht mal, dass der Ball rund ist. Und jetzt stehen sie da hinten, eng aneinandergedrängt unter einem großen roten Regenschirm, und winken.

»Lino!«, ruft Ella. »Guck mal, wer da ist!« Lino nickt und albert weiter mit Jurek herum. Ella hört, wie er mit verstellter Stimme sagt: *»Heute wird es für euch bitter – trotz Arznei von Onkel Ritter.«* Dann lachen sie wieder. Mama hebt beide Hände und streckt die Daumen in die Luft. Hoffentlich kommt sie nicht noch aufs Feld gerannt und küsst Ella.

Bonita hat auch die ganze Familie dabei. Sie legt das Kuscheltier-Känguru von ihrer kleinen Schwester hinter das Tor. Leonie steht mit der großen Schwester ganz vorn, fast neben dem Tor, ihre Eltern dahinter. Evelina verteilt Coca-Cola-Fähnchen, auf denen »Coca-Cola« durchgestrichen ist und nun »MM Victoria« draufsteht.

Der Schiedsrichter stakst wie ein Storch mit dem Ball auf den Platz, er freut sich immer noch über den Regen.

»Spielregeln sind klar?«, fragt er. Alle nicken.

»Habt ihr die Schienbeinschoner an? Wart ihr noch mal auf der Toilette?«

Alle verdrehen die Augen.

»Na dann: ›Fair play‹!«, sagt er und legt den Ball auf den Mittelpunkt. »Die Gäste haben Anstoß.«

Die Mannschaftskapitäne geben sich die Hand. Von Bornsloh 03 ist es der Libero, ein Mädchen mit langen, muskulösen Beinen. Sie schaut lächelnd auf Malles Gipsarm.

»Na«, sagt sie. »Zu viel Hand gespielt?«

Der Regen macht Malles Locken noch lockiger. Soll er sie ruhig mit seiner Schönheit becircen. Sie wäre nicht die Erste, die von ihm geblendet wird.

Malle übergibt Lino die schwarze Kapitänsbinde. Lino stutzt, sagt: »Die will ich nicht.« Malle schaut hilflos in die Runde.

»Gib sie Ella«, sagt Lino. Ella fährt es heiß durch den Magen. »Na los. Wir wollen endlich anfangen!«

Malle zieht Ella die Kapitänsbinde über den Arm. Ella muss schlucken. Sie lacht, sucht Linos Augen. Da sind sie – wach und funkelnd. Kurz vorm Anpfiff tippt Lino sie an den Kapitänsarm. »Zeig's ihnen, Ella!«, und dann stürmen sie los!

Bornsloh 03 holt sich den Ball, ein schneller Junge rennt an Carmen und Mustafa vorbei, aber da kommt Lino und fegt ihm den Ball von den Füßen, schießt ihn flach rüber zu Ella. Ella stoppt mit links und schießt mit rechts zu José. José rast durchs Mittelfeld, er hört und sieht nichts, obwohl Lino sich die ganze Zeit anbietet. Und dann kommt das starke Mädchen, der Libero von Bornsloh, und im Nu ist José den Ball los und schlittert über den nassen Rasen wie über Seife. Frau Wilms ruft: »Foul!«

Der Pinkler und der Beulenkumpel sind auch da. Sie stehen am Spielfeldrand und grölen: »Gelbe Karte, Rote Karte, raus die Sau!«

Aber der Schiedsrichter schüttelt den Kopf, dass die Tropfen aus seinen Haaren fliegen.

José steht auf, spuckt Gras aus – das Spiel geht weiter. Der Ball ist in ihrer Hälfte, kurz vor dem Strafraum! Lino rettet ihn, schlägt ihn bis zur Mitte, wo Carmen ihn annimmt; Carmen passt zu Elisabeth; Elisabeth lässt sich den Ball von einem dünnen, großen Mädchen abnehmen, stochert ihr noch nach, aber vergeblich.

Ella prescht los, kämpft mit ihrer Gegenspielerin um den Ball, gewinnt den Zweikampf, läuft nach vorn, flankt zu Lino.

»Olé-oléoléolé!«, rufen ein paar Zuschauer.

Mustafa gibt den Ball an Ella weiter. Ella wird angerempelt. Sie rempelt zurück und haut mit aller Kraft den Ball weg, bevor sie ihn verliert. Alles verschwimmt im Regen, man kann nicht so gut zielen, aber bis jetzt läuft es für Victoria ganz gut.

Lino umdribbelt zwei Spieler, passt dann quer, genau auf seine rasende Schwester zu. Sie legt ihre ganze Kraft in den nächsten Schuss, schießt aufs Tor, aber die Torwartfrau faustet den Ball weg, genau auf Sarahs Kopf. Die zierliche Sarah fällt um, Lino schnappt sich den Ball und holt aus. Ein Schuss wie ein Strich! Alle rufen: »Tooor!« Und tatsächlich, der Ball geht knapp rechts an dem herauslaufenden Torwart vorbei ins Netz.

Der Platz bebt. Ella springt ihren Bruder an. Lino umarmt sie. Und dann gibt sie ihm einen Kuss. Mitten auf den Mund.

»Äääh!«, sagt Lino und wischt sich mit dem Handrücken über die Lippen, aber da kommen schon die anderen Spieler und jubeln ihm zu. Seine neuen Kumpels springen wie wild am Platzrand herum und wedeln mit den Boards.

Lino und die anderen gehen zur Mittellinie. Er schaut in die Zuschauermenge, da wo Mama und Papa stehen, sind auch die Ex-Südtiger. »Li-no! Li-no!«, jubeln sie ihm zu.

»Eins zu null für Victoria in der siebten Minute«, ertönt es durch ein Megafon. »Torschütze: Lino Schäfer.«

Und dann klatschen und tröten und grölen die Zuschauer wieder: »Olé-oléoléolé …!« Jasmin springt wie wild auf der Stelle herum.

In der zweiten Hälfte der ersten Halbzeit geht es zu wie im Schwimmbad. Alles hüpft und springt und drängelt durcheinander, andauernd wird gepfiffen und geschrien und nass ist es sowieso. Ella rennt einen zierlichen, sehr schnellen Jungen um und wird mit erhobenem Zeigefinger verwarnt. »Na, na, na!«, sagt der Schiedsrichter und hilft dem Jungen wieder auf die Beine. Ella muss sich bei ihm entschuldigen. Dem Schiedsrichter tropft Regenwasser von der Nase. Das ist bestimmt gut für seinen Garten.

Ella ist inzwischen so nass, dass es schon wieder schön ist, das T-Shirt klebt an ihr wie eine zweite Haut. Die Knie sind schwarz.

Die paar Fans von Bornsloh 03 versuchen, ihren Spielern Mut zu machen, und feuern sie an: »Jetzt lauft doch mal!«, und: »Los, schnapp dir den Ball!«, und

»Schieß, Mädchen, schieß!« Die weißen Apothekertrikots der Bornsloher sind inzwischen total eingematscht.

Kurz vor der Halbzeitpause köpft die Liberofrau von Bornsloh den Ball über zwei Mittelfeldspieler von Victoria hinweg und liefert einem Stürmer damit eine gute Vorlage. Ella kann nicht mit ansehen, wie er an den Verteidigern vorbeirast, direkt auf Bonita zu, die plötzlich so klein und verloren im Tor aussieht. Sie rennt in die eigene Abwehr, wirft sich in das Gedrängel und klärt den Ball ins Aus.

Die erste Ecke für Bornsloh 03.

Herr Kübel brüllt sich die Lunge aus dem Hals. Die Verteidiger sollen sich vor die Torpfosten stellen. »Mustafa, geh du an den kurzen; Ranja an den langen!«

Lino und Ella sind am Elfmeterpunkt und versuchen, die Stürmer von Bornsloh zu decken, aber die trippeln hin und her, vor und zurück. Ella macht es ganz nervös, besonders jetzt, wo der Ball genau auf sie zukommt, aber die Gegenspielerin schnappt ihn ihr einfach vor der Nase weg, zum Glück tritt Lino dazwischen!

Ella überholt sie von rechts und klaut ihr mit links den Ball. Lino bietet sich an, ohne Manndeckung! Er trickst einen Gegner aus und schlägt den Ball weit weg, bis über die Mittellinie. Ranja kriegt ihn an die Birne und torkelt zurück, aber die Retter sind schon unterwegs: Ella, José und Tom. Sie spielen sich den Ball im Laufen zu. Alles sitzt, alles ist perfekt und auf dem aufgeweichten Boden flutscht der Ball umso besser. Und dann kommt DER Schuss, von Lino: Der Ball macht einen Bogen über die gegnerischen Verteidiger, fliegt wie ein Frisbee um den Torwart herum und landet links oben an der Latte!

»O nein!« Lino schlägt sich die Hände vors Gesicht. Eine Bananenflanke, die sich gewaschen hat! Einen Zentimeter weiter und es wäre ein fettes Tor gewesen! Aber die Torwartfrau hat den Ball fest in den Händen.

Dann kommt der Halbzeitpfiff. Es bleibt beim 1:0 für Victoria.

In der Pause müssen sich alle von Victoria in einer Umkleidekabine umziehen; in der anderen sind die Gäste. Die Mädchen geben sich gegenseitig Sichtschutz. Die Jungs laufen mit nacktem Oberkörper herum und recken ihre Hühnerbrüste. Handtücher werden ausgeteilt. Die Haare sind nass und strubbelig. Lino ärgert sich, spuckt auf den Boden. Malle tröstet ihn. »Das war der Schuss des Jahrhunderts, wirklich riesig« – und äfft Frau Wilms damit nach, aber Lino weiß ja nicht, dass Frau Wilms immer »riesig« sagt, und spuckt noch mal in den Umkleideraum.

»Das war Pech!«, sagt Ella. »Vergiss es!«

José meckert, er sei ganz oft frei gewesen und niemand hätte ihn angespielt.

»Ihr müsst immer gucken, wer frei steht«, sagt Herr Kübel, »aber ihr habt gut gekämpft. Weiter so und ihr macht sie nass!«

»Das sind sie schon«, sagt Lino.

Das hätte er besser nicht sagen sollen, denn schon in der dritten Minute der zweiten Halbzeit kommt der Ausgleich durch den dünnen, schnellen Jungen, der Bonita aus dem Tor lockt und den Ball über sie ins Netz hebt. 1:1!

Nun ist die Hölle los. Lino spuckt wütend in den Regen. Ella sucht seinen Blick. Mit einem überraschenden Angriff zu zweit, gleich nach dem Anstoß, könnten sie es schaffen. Aber Lino schaut sie nicht an.

Nach dem Anstoß wird gestochert und wild um sich geschossen und Ella kommt nicht mal an den Ball ran. Das Tempo hat sich gesteigert, die Apothekenmannschaft aus Bornsloh dreht richtig auf. Dafür hat der Regen nachgelassen.

»Ihr müsst die Gegner abfangen!«, brüllt Herr Kübel. »Nicht alles den Verteidigern überlassen!«

Im Moment findet das Spiel nur in Victorias Hälfte statt, bis der kleine Tom einen Zweikampf gewinnt, sich aus dem Gewusel herauslöst und in die andere Richtung passt. José nimmt an, gibt an Ella weiter. Ella flankt zu Lino. Wunderschöne Vorlage! Lino stürmt los, wird von zwei Spielern in die Mangel genommen, kämpft sich frei, dreht sich um die eigene Achse, schießt und trifft!

2:1 für Victoria.

Ella springt ihren Bruder im Laufen an und Lino nimmt sie huckepack und rennt mit ihr über den Rasen. Die anderen springen auf sie drauf, reißen sie zu Boden. Ella kann gar nichts mehr sehen, aber sie hört Lino lachen. Endlich! Zwischen all den Armen, Beinen und dem Matsch kriegt sie ihren Bruder zurück!

Der Schiedsrichter entwirrt das Knäuel, fordert zum Weiterspielen auf. Lino und Ella gehen Arm in Arm zum Mittelkreis. Dann lässt er sie los, weil er die Fäuste hochreißt und seine Fans anspornt. Jurek und die anderen trommeln auf ihren Brettern herum und Jurek ruft: »*Victoria ist noch viel fitter, auch ohne Pillen von Doktor Ritter.*«

Mama und Papa klatschen sich die Hände wund und Marion, Mamas Freundin, ist auch da und ruft andauernd: »Bravo! Bravissimo!«, als wäre sie in der Oper.

Und dann geht's rund. Ella weiß gar nicht, wie sie die restliche Zeit noch überstehen soll. Es geht alles so schnell, dass sie den Ball kaum noch sieht, geschweige denn berührt. Bornsloh 03 schießt nach wenigen Minuten das Ausgleichstor.

Wie konnte das passieren?

Jetzt steht es 2:2 und es sind nur noch neun Minuten zu spielen. Bornsloh 03 wechselt ein Mädchen aus. Nun hat Ella eine kleine, wilde Apothekenbraut als Gegenspielerin. Die nimmt ihr gleich den Ball ab und zieht los, volle Pulle aufs Tor. Aber Bonita hält.

Jetzt ist Lino da. Guckt sie an, herausfordernd, aber sie weiß, was er ihr sagen will. »Jetzt zeigen wir's ihnen!« José passt ihr den Ball zu. Sie hat nur noch Lino im Auge – und den Ball. Lino wird mit drei Mann gedeckt. Jetzt nicht zu früh abgeben, Ella spielt zurück zu José, der gibt ab an Tom. Ella läuft mit Tom mit, läuft der kleinen Wilden weg, und jetzt macht sich Lino frei, kriegt den Ball, läuft nach vorn, Ella läuft mit, rennt allen weg. Lino könnte auch selbst schießen, aber Ellas Winkel ist besser, er flankt ihr den Ball zu. Sie stoppt ihn aus der Luft und schießt! Schießt in die rechte Ecke! »Toooooor!« Ella reißt die Arme hoch. Der Boden bebt, die Leute schreien. Und Lino wirbelt sie herum, bis ihr schwindlig wird! 3:2! Kein Tor mehr bis zum Abpfiff! Victoria hat gewonnen!

Taumelnd vor Glück gehen Ella und Lino Arm in Arm über den Platz und lassen sich bejubeln. Bonita hängt sich auf der anderen Seite bei Lino ein, Malle kommt dazu. Die anderen wollen auch mit in die Kette. »Victo-ri-a!«, rufen alle und die Zuschauer rufen mit. Jasmin kommt zu Ella und Lino und sagt: »Ihr wart einfach super!«

»Du auch«, sagt Ella. »Vielleicht bringst du uns ja wirklich Glück!«

Die Sonntagszeitung bringt am nächsten Tag eine halbe Seite über das Ereignis. »Victoria schießt sich nach vorn! – Jubel für den ehemaligen Südtiger-Kapitän!«

Und dann steht da ausführlich, wie toll Lino gespielt hat. Darunter ein Foto: Ella und Lino, Arm in Arm. Die Bildunterschrift: »Ein starkes Paar!«

»Voll peinlich«, sagt Lino. »Das könnte man auch falsch verstehen.«

»Uähhh!«, macht Ella und verzieht das Gesicht. Sie

sitzen mit der ganzen Familie am Frühstückstisch. Lino legt die Zeitung weg. Papa schnappt sie sich und liest laut vor. Ein Reporter wollte von Lino wissen, ob er jetzt bei Victoria mitspiele. »Nö«, habe Lino gesagt. Er skate lieber. Aber einspringen würde er schon wieder mal, wenn Not am Mann sei.

Papa beißt in seinen Marmeladentoast. Er hat heute keinen Schlips um.

»Warum hast du uns eigentlich nichts davon erzählt, dass du jetzt Skateboard fährst?«,

Lino zuckt die Schultern.

»Ich dachte schon, du wärst verliebt«, sagt Papa.

Lino verdreht die Augen, Ella grinst, schnappt ihm die Crunchys vor der Nase weg. Er knufft sie leicht am Arm, ein bisschen Milch schwappt über. Leider können sie sich nicht richtig schön streiten, denn es ist Sonntag. Papa braucht ewig für seine Marmeladentoasts und Mama föhnt sich sonntags erst später.